人都去哪了

〔美〕雷蒙德·卡佛 著

卢肖慧 译

南海出版公司

新经典文化股份有限公司
www.readinglife.com
出　品

献给苔丝·加拉格尔

既然我们把我们所记得的

那小东西称为"过去",

难道过去不是必然的吗?

——威廉·马修斯《洪水》

目 录
Contents

诗·四

短篇小说

随笔

我父亲的一生

　　我爸名叫克利维·雷蒙德·卡佛[①]。他的家里人叫他雷蒙德，他的朋友们叫他 C. R.。我的大名是小雷蒙德·克利维·卡佛。那个"小"字令我不爽。我很小的时候，我爸管我叫"青蛙"，那倒还行。可后来他也跟家里其他人一样，开始叫我"小雷蒙德"。他就那么叫我，直到我十三四岁时宣布，从今往后我不会再理睬那个名字。所以他开始管我叫"博士"。自那时起，直到一九六七年六月十七日他去世，他一直管我叫"博士"，不然就是"儿子"。

　　他去世后，我母亲打电话把消息告诉我妻子。我那时出门在外，生计不定，想进入爱荷华大学的图书馆系学习。我妻子接听电话时，母亲脱口说道："雷蒙德死了！"

---

① 英文为 Clevie Raymond Carver，下文中的 C. R. 为该名字前两部分的首字母缩写。——编者注

一时间，我妻子以为我母亲告诉她我死了。然后我母亲说清楚了她指的是哪个雷蒙德，我妻子说："感谢上帝。我还以为你是说我的雷蒙德。"

一九三四年，我爸一路徒步、搭便车、搭空货车，从阿肯色州来到华盛顿州谋生计。我不知道他去华盛顿是否为了追寻梦想。我对此很怀疑。我不觉得他怀有多少梦想。我相信他只是要找一份收入不错的稳定工作。稳定的工作就是有意义的工作。他摘过一段时间苹果，之后又在大古力水坝当建筑工。等攒了些钱后，他买了一辆车，开回阿肯色帮他的爸妈——也就是我的祖父母——卷起铺盖家什迁到了西部。他后来说他们在那边快要饿死了，而且这么说并非夸大其词。就是在阿肯色的那次短暂逗留期间，在一座叫作利奥拉的小镇上，我母亲在街边邂逅了正从一家小酒馆走出来的我爸。

"他喝醉了，"她说，"我搞不懂我为什么会理他。他的眼睛亮亮的。我那时要是有一只占卜水晶球就好了。"大概在一年前的一场舞会上，他们见过一面。我母亲告诉我，在她之前，他还有过几个女友。"你爸身边总有女人，即便是我们结婚后也还有。他是我的第一个也是最后一个。我从来没有过别的男人。可我也什么都没错过。"

启程去华盛顿州的那一日，他们俩，一个高大的乡村姑娘和一个农民出身的建筑工，在当地一位治安法官的主持下举行了婚礼。我母亲的新婚之夜是和我爸以及他的父母度过的，他们一起在阿肯色路边的帐篷里过了一晚。

在华盛顿州的奥马克镇，我父母住在一处比木屋大不了多少的小房子里。我祖父母就住隔壁。我爸仍旧在水坝上干活，后来，巨型涡轮开始发电，蓄水蓄到了加拿大境内一百英里，富兰克林·D.罗斯福来建筑工地讲话时，我父亲就站在人群中听着。"他从没提到那些在修水坝过程中送命的人。"我父亲说。他有几个朋友就死在那里，分别来自阿肯色、俄克拉何马和密苏里。

之后，他在俄勒冈州克拉茨卡尼镇的一家锯木厂找了一份工作，那是哥伦比亚河边的一个小镇。我就出生在那里，我母亲有一张我爸的照片，他站在工厂大门前，得意地将我举起来，面朝镜头。我的小童帽歪着，系带也快要松开了。他将帽子倒扣在额头上，脸上咧开一个大大的笑容。他是要去上班还是刚下班？这无关紧要。不管怎样，反正他有一份工作，有一个家。那段日子是他的青葱岁月。

一九四一年，我们搬到了华盛顿州的亚基马，我爸在那里当锯锉工，那门手艺是他在克拉茨卡尼学得的。战争爆发后，他获准推迟入伍，因为他的工作对于战事来说是必要的。军队需要成品木材，而他就负责把他的锯子锉得锋利，锋利得可以把你手臂上的汗毛削下来。

我爸把我们的家搬到亚基马之后，他把他父母也接到了同一带居住区。到了二十世纪四十年代中期，我爸家里的其他人——他哥哥、姐姐、姐夫，还有叔叔伯伯、表兄弟姐妹、侄子侄女，以及他们各自的大部分亲戚和朋友，都从阿肯色州搬过来了。都是因为我爸率先过来了。男人们去了我爸干活的博伊西卡斯凯德木材公司，女人们则进了罐头厂包装苹果。没隔多久，似乎——在我母亲看来——每个人都过得比我爸更好了。"你爸守不住钱，"我母亲说，"钱把他的口袋烧出了一个窟窿眼。他总是在帮衬别人。"

我能清楚记得的我们住过的第一栋房子有个户外厕所，位于亚基马南十五街一五一五号。在万圣节的晚上，或者随便哪天夜里，仅仅为了好玩，邻里那些十三四岁的孩子就会把我家厕所抬走，抬到大路边放着。我爸不得不找人帮着把它抬回来。这些孩子还会把厕所抬到别家后院里。有一回他们还把那厕所点着了。不过有户外厕所的并非我们一家。等我再大点，对做什么心里有点数后，每当看见别家厕所有人走进去，我就朝里面扔石头。这叫"轰炸厕所"。但过了一段时间，大家都装了室内管道，突然一下子，我们家的户外厕所便成了左右邻里中唯一的一间了。有一天，我的三年级老师怀斯先生从学校开车送我回家，我还记得当时自己的难为情。我请他在我家前面的那栋房子跟前停下来，声称我住在那儿。

我还记得一天夜里发生的事，那天我爸回家晚了，发现我母亲从里面把所有的门都锁上了，他就被关了门外。他喝醉了，把门弄得嘎嘎作响，我们都能感觉到房子在震颤。当他硬是设法打开了一扇窗时，母亲抄起一口滤锅，朝他双眼之间砸去，砸昏了他。我们可以看见他躺在草坪上。后来那些年里，我时常会拿起这口滤锅——它跟一根擀面棍一样重——想象自己脑袋上挨这么一下会是什么感觉。

就是在这个时期，我记得有一次我爸把我带进卧室，让我坐在床上，告诉我，我也许得去拉冯姑姑那里跟她住一阵子。我想不通自己干了什么，使得自己不得不离开家去别处生活。但这事——不管是什么引起的——差不多还是没成，因为我们一家人还是住在一起，我也不用去跟拉冯姑姑或别的什么人一起生活。

我记得我母亲把我爸的威士忌倒进水池。有时她会把酒全倒掉，有时怕被逮住，她就只倒掉一半，然后往剩下的酒里掺水。有一次我尝了点儿他的威士忌。实在是太难喝了，我不明白究竟有谁咽得下那玩意儿。

我们过了一段很长时间都没有车的生活，终于在一九四九还是一九五〇年拥有了一辆车，是一辆一九三八年产的福特车。那车到我们手上的第一个礼拜，就断了一根活塞杆，我爸不得不找人把发动机彻底修理了一番。

"我们开着城中最旧的一辆车，"我母亲说，"他花在修车上的钱都够我们买一辆凯迪拉克了。"有一次，她在车里的地上发现别人的一支口红，边上还有一条花边手帕。"看见了吗？"她对我说，"不知道哪个荡妇落下的。"

有一回我看见她端着一锅热水走进卧室，我爸正在里面睡觉。她把他的一只手从被子里拽出来，按在水里。我就站在房门口看。我想知道这是怎么回事。她告诉我，这样会让他说梦话。有些事她需要知道，那些她确定他瞒着她的事。

在我小时候，我们差不多每年都会坐北海岸线火车跨越喀斯喀特山脉，从亚基马去到西雅图，住在万斯旅馆，在一家我记得名叫"晚餐铃咖啡馆"的地方用餐。我们有一回还去了"伊瓦尔的蛤蜊地"餐厅，喝下一杯接一杯热乎乎的蛤蜊汤。

一九五六年，也就是我快要高中毕业的那年，我爸辞去了亚基马厂里的活儿，接受了在加利福尼亚州北部切斯特镇的一份工作，那是座锯木厂小镇。那时他给出的接受新工作的理由是有更高的时薪，以及模糊的承诺：再过个几年，他也许能在这家新锯木厂里成为锉工头儿。但我想，主要原因是我爸开始变得焦虑不安，一心想去别的地方试试运气。对他来说，在亚基马的生活已经一眼望到头了。而且，就在前一年，他的父母先后离世，时间相隔不到半年。

但我毕业之后没几天，当我母亲和我收拾好家当准备搬去切斯特时，我爸用铅笔写来了一封信，说他已经病了一阵子。他说，他不想叫我们担心，可自己被锯子割了一下。没准有一粒钢屑进入了他的血液里。总之，出了一些事，让他不得不停工，他说。在同一封信里，还有一张未署名的明信片，是那边的一个人写来的，告诉我母亲说我爸快要死了，还说他在喝"生威士忌"。

我们到达切斯特时，我爸住在公司的一间拖车式活动房里。我没能立即认出他。我想，有那么一瞬间我并不愿意认出他。他骨瘦如柴，脸色苍白，神志恍惚。他的裤子老往下掉。他看上去不像我爸。我母亲哭了。我爸伸出一只手搂住她，茫然地拍拍她的肩，就好像他也不明白这一切是怎么回事。我们三个人就在这间活动房里开始过日子，我们力所能及地照顾他。可我爸病了，完全没能好转。那年夏天和秋天的一部分时间里，我随他一起在那家厂里干活。早晨，我们起床，一边吃鸡蛋和吐司，一边听收音机，然后带上各自的午餐桶出门。我们会在早上八点的时候一起穿过工厂大门，直到下班后我才能再见到他。十一月，我回到了亚基马，这样可以离我的女朋友更近，我已经下定决心要和这个女孩结婚。

我爸一直在切斯特那家工厂干活到次年二月，他在上班时突然晕倒了，被送进医院。我母亲问我能否去那里帮忙。我搭上了一辆从亚基马开往切斯特的大巴，打算开车把他们带回亚基马。但这时，我爸不但身体上有病，精神上也处于失常状态，尽管那时我们谁都不知道那病叫什么。回亚基马的路上，他一声不吭，就连问他问题也不回答。（"雷蒙德，你感觉怎么样？""你还行吗，爸爸？"）如果说他和我们还有交流的话，他的交流方式仅仅是摆一摆脑袋或掌心朝上摊开手，好像在说他不知道或他不在乎。在那一路上以及那之后的近一个月里，他唯一一次开口说话，就是我在俄勒冈的一条砂石路上加速行驶，把汽车消声器都给震松了的时候。"你开得太快。"他说。

回到亚基马，我爸听从一位医生的嘱咐去看了精神科医生。我父母不得不去申请救济金，当时是那么叫的，由县里出精神科医生的治疗费用。精神科医生问我爸："谁是现任总统？"他们问了一个他回答得了的问题。"艾克①。"我爸说。尽管如此，他们还是把他关进了河谷纪念医院的五楼，开始对他进行电击治疗。那时我已结婚，即将有孩子了。我的妻子生我们的第一个孩子时，我爸还被

①即德怀特·戴维·艾森豪威尔（Dwight David Eisenhower，1890—1969），美国第34任总统（1953—1961），其昵称为艾克。——编者注

关在医院里，她进了同一家医院，就住在他下面一层楼。她生完孩子后，我便上楼把消息告诉我爸。他们放我走进一道铁门，指给我看去哪里见他。他坐在一张沙发里，腿上盖了条毯子。嗨，我心想。见鬼，我爸到底怎么了？我在他身边坐下，告诉他，他当爷爷了。他停了片刻，然后才说："我是感觉像个爷爷了。"他就只说了这么一句。他既没笑也没动。他待在一间大屋里，屋里还有许多其他病人。然后我拥抱了他，他哭了起来。

不管怎样，他从那里出来了。但接下来的日子里，他干不了活儿，只能在家里东坐坐西坐坐，试图弄清楚下一步该怎么走，他这辈子又是走错了哪一步才变成现在这样子。我母亲换了一份又一份活儿，越换越差劲。很久之后，她把他住院以及之后的那段日子叫作"雷蒙德犯病的日子"。对我来说，"病"这个字的含义永远地改变了。

一九六四年，靠一位朋友的帮助，他幸运地被加利福尼亚州克拉马斯镇上的一家工厂雇用了。他一个人搬去了那里，想看看他能否应付得了。他住在工厂附近一个单间的小木屋里，同他和我母亲去到西部一开始住的地方相差无几。他字迹潦草地写信给我母亲，碰上我给她打电话时，她便会在电话里大声地念给我听。在那些信里，他说他也拿捏不准眼下的情况。每一天去上班，他都觉得那是一生中最重要的一天。但每一天，他告诉她，都使接下来的一天变得更轻松了。他让我母亲替他向我问好。要是他夜里睡不着，他说，他就会想想我，想想我们曾经在一起度过的好时光。最终，过了两三个月，他对自己重新又有了信心。那工作他能够干下来，也不需要担心自己会再叫大家失望。有了把握之后，他就让我母亲过去了。

他有六年没工作了，那段时间里他失去了一切——房子、汽车、家具、家用电器，包括那台让我母亲引以为豪和欢喜的大冰柜。他还丢了自己的好名声——雷蒙德·卡佛是个付不起账单的人——他的自尊心也没了。甚至连性功能他都没了。我母亲告诉我妻子："雷蒙德犯病那段日子，我们睡在一张床上，但没发生过关系。他有几次想要尝试，都没成功。我倒是没所谓，但我觉得他想要，你明白吧。"

那些年里，我在努力挣钱养活我自己的一家人。然而，因为这样那样的事情，我们发现自己不得不多次搬家。我没法密切关注我爸的生活进展。不过有一年圣诞节，我还真找到个机会告诉他，我想当作家。我还不如告诉他我想当个整容医生。"你准备写些什么？"他想知道。他似乎想帮我一把，于是接着说："写写你知道的事儿。写写我俩几次一起去钓鱼的那些事儿。"我说我会的，可我知道我没那么做。"把你写的东西寄给我看看。"他说。我说我会寄的，可我没有寄。我没有写一点儿和钓鱼有关的事，我认为他也不会特别在意，甚至未必理解我那时写的东西。再说，他不是个读书人。反正，他不是我心目中为之写作的那一类读者。

后来他去世了。当时我离得很远，在爱荷华市，还有话要跟他说。我没能有机会跟他说再见，没能告诉他我觉得他在新的工作岗位上干得很棒，他能重整旗鼓，我为他骄傲。

我母亲说他那天夜里下班回家，晚餐吃了很多。接着他独自坐在桌边，喝光了酒瓶里剩下的威士忌，大概一天之后，她在垃圾桶的最底下发现一个酒瓶，被藏在咖啡渣下面。后来他起身去睡了，没过多久我母亲也去睡了。可半夜她不得不起来，在沙发上替自己铺了个床。"他的呼噜吵得我没法睡。"她说。第二天早晨，她去看他，他仰面朝天，张着嘴，脸颊塌陷。脸色发灰，她说。她知道他死了——她不需要医生来告诉她。但她还是打电话叫了一个医生，之后她就给我妻子打了电话。

在我母亲收着的、我爸和她早年在华盛顿州的那些照片里，有一张是他站在一辆汽车前，拿着一瓶啤酒和一串鱼。照片里，他将帽子倒扣在额头上，脸上挂着不自在的笑容。我向她要这张照片，她连同其他几张一起给了我。我将它挂在我的墙上，每回我们搬家，我都会带着这张照片，然后挂到另一面墙上。我时不时会仔细端详这张照片，想弄明白一些事，关于我父亲的，也许还有关于我自己的。但我做不到。我爸离我越来越远，退回到时间里。终于，在又一次搬家时，我弄丢了这张照片。就是在那时，我试着回想那张照片，同时试着写一些关于我父亲的事，以及我认为在某些重要方面，我们俩也许十分相像的事。住在旧金山南部市区的一栋公寓楼里时，我写了这首诗，那时我发现自己跟我爸一样，也沾上了酗酒的毛病。这首诗是我尝试着让自己与他产生联系的方式。

我父亲二十二岁时的照片

十月。在这阴湿、陌生的厨房
我端详着我父亲那窘迫的年轻人的脸庞。
他咧嘴笑得腼腆，一只手提着一串
多刺黄鲈鱼，另一只手握着
嘉士伯啤酒瓶。

他穿着牛仔裤和牛仔衬衫，倚着
一辆一九三四年产的福特车的前挡泥板。
他想要为他的子孙们摆出一副威猛快活的做派，
旧帽子歪歪地戴在耳朵上。
一辈子我父亲都想无所畏惧。

但那双眼睛出卖了他，还有那双手
软弱无力地展示着死鲈鱼
和啤酒瓶。父亲，我爱你，
然而叫我怎么感谢你，同样嗜酒如命的我，
甚至不知道去哪里钓鱼。

这首诗就其细节而言，都是真实的，只不过我爸于六月去世，而非诗歌开篇第一个词所说的十月。我想要一个多音节词，使它听起来有点拖长的感觉。然而不仅如此，我还想要一个契合我写诗时的心境的月份—— 一个白昼变短、天色渐暗、烟雾弥漫在空气里、事物正走向消亡的月份。六月份属于夏天的日日夜夜，毕业典礼，我的结婚纪念日，以及我一个孩子的生日。六月不应该是父亲去世的月份。

在殡仪馆举行的葬礼结束之后，我们来到室外，一个我不认识的女人朝我走来，说："他在现在的地方会更幸福的。"我盯着这个女人，直到她走开。我至今还记得她帽子上的小圆球装饰。接着我爸的一位堂兄弟——我不知道他的名字——走过来，握住我的手。"我们大家都很想念他。"他说。我知道他这么说并非仅仅出于礼貌。

自我得到我爸死讯后的第一次，我哭了起来。之前我哭不出来。我也没有时间哭。现在，突然间，我哭得停不下来。在那个夏日的午后，我抱着妻子大哭不止，她对我说着话，尽其所能安慰我。

我听见人们对我母亲说着安慰的话，令我高兴的是我爸那边的家人过来了，来到了他所在的地方。我以为我会记住那天人们说过的每句话、做过的每件事，或许等到什么时候能有办法把这些都写下来。然而我没有。我几乎全都忘记了。我仍记得的是，那天下午，我们的名字被提到了许多次，我爸的和我的。但我知道他们说的是我爸。雷蒙德，人们用来自我童年记忆里动听的声音不停地说着。雷蒙德。

论写作

早在二十世纪六十年代中期，我就发现自己对长篇叙事小说难以集中注意力了。有一段时间，不论试着读还是试着写这种小说，我都感到很困难。我的注意力已无法持久，我不再有耐心试图去写长篇小说了。这事说来话长，太过乏味就不在此赘述。然而我明白这与我现在写诗歌和短篇小说是有很大关系的。投入，退出，不拖延，接着写。有可能就是在这个时候，在我二十八九岁时，我失去了所有的远大抱负。倘若是这样，我觉得这倒是件幸事。对一名作家来说，野心和一点点运气是有益的。野心太大、运气太差，或毫无运气，那都是要命的。当然才华也是不可少的。

有些作家才华横溢，毫无才华的作家我倒还不曾见识过。当然那种对事物具有独特、精准的观察，并找到恰当的语境来表达那种观察方式的作家，就另当别论了。在约翰·欧文笔下，《盖普眼中的世界》自是一个精彩世界。在弗兰纳里·奥康纳笔下，世界又有另一番模样，在威廉·福克纳笔下，在欧内斯特·海明威笔下，又是另一番景象。契佛，厄普代克，辛格，斯坦利·埃尔金，安·比蒂，辛西娅·奥齐克，唐纳德·巴塞尔姆，玛丽·罗宾逊，威廉·基特里奇，巴里·汉纳，厄休拉·勒古恩，他们笔下也各有他们的世界。任何伟大的作家，哪怕任何不错的作家，都会根据自己的具体情况将世界改头换面一番。

我所说的这点与风格类似，但又不仅仅关乎风格。那是作家对他所有作品的独一无二、不容混淆的签名。那是他的世界，而非别人的。这是一名作家有别于其他作家的要素之一。那不是才华。才华到处都是。但一名作家要是既对事物有着独特的观察，又能艺术性地将其表达出来，那这位作家或许能经得住一段时间的考验。

伊萨克·迪内森[①]说她每天都写一点儿，既不抱期望，也无从失望。等哪天我要用三乘五英寸大小的卡片把那句

---

① 伊萨克·迪内森（Isak Dinesen，1885—1962），本名凯伦·布里克森，丹麦作家，代表作有《七篇哥特式的故事》《走出非洲》等。——译者注（本书脚注如无特殊说明，均为译者注）

话记下来，贴在我书桌旁的墙上。我的墙上已贴了若干张这样的卡片了。"陈述在根本上的准确是对写作唯一的道德要求。"埃兹拉·庞德。不管怎样，这并非一切，但倘若一名作家能做到"陈述在根本上的准确"这一点，那至少他走的路是对的。

我墙上还有一张三乘五英寸的卡片，上面摘抄了契诃夫一个短篇里的片语："……在他眼里，突然一切都变得清晰了。"我发现这几个字充满了玄妙和可能。我喜欢它们的简单和明晰，以及它所隐含的对真相的暗示。其中也不乏玄奥。以前不清晰的是什么？为什么此刻变得清晰了？发生了什么？最关键的是——现在怎么办？这种顿悟会引发一系列后果。我感到大大地松了一口气——同时又保有期待。

我曾无意中听见作家杰弗里·沃尔夫对一群学写作的学生说"别耍低劣的花招"。这句话也该被写到卡片上。我会稍作更动，改为"别耍花招"，加上句号。我憎恶花招。我在小说里一看到有耍花招或摆噱头的苗头，就想找地方躲起来，不管是低劣的花招还是高明的花招。花招终究令人厌烦，而我很容易厌烦，这大概与我无法长久集中注意力有关吧。不过十分精巧的花哨写作，或无聊愚蠢的写作，都会让我昏昏欲睡。作家无须玩花招，摆噱头，也不必得是一群人里最聪明的那一个。作家有时得冒着被视为傻子的危险，就那样垂手而立，对着这样或那样的东西——一轮落日或一只旧鞋——带着绝对的、纯粹的惊诧目瞪口呆。

几个月前，在《纽约时报书评周刊》上，约翰·巴思[①]说十年前在他的小说写作课上，绝大多数学生感兴趣的是"形式创新"，现在似乎已不再如此。他对此颇为担心，八十年代，作家们会开始创作传统的家庭小说。他担心写作实验会连同自由主义一起日渐消亡。我发现倘若我听见有人正沮丧地讨论小说写作的"形式创新"，我会有点儿紧张不安。"实验"常常成为在写作上随心所欲、犯傻和模仿的特许。更糟的是，它会成为作家企图粗暴对待或疏远读者的特许。很多时候，这种写作不会给我们提供关于世界的消息，或只是描述一片荒漠之景，仅此而已——几座沙丘，几只蜥蜴，但没有人烟；一个人迹罕至

---

① 约翰·巴思（John Simmons Barth，1930— ），美国作家，后现代主义小说家。

的地方，一个只有寥寥几位科学家会感兴趣的地方。

应该指出的是，真正出现在小说中的实验是独创的，来之不易，令人欣喜。但别人观察事物的方式——比如巴塞尔姆的方式——不应该成为其他作家跟风效仿的对象。此路不通。世上只有一个巴塞尔姆，别的作家想要借着创新的名头，效法巴塞尔姆那怪异独到的感知能力或场面调度①能力，那就是在制造混乱和灾难，更糟糕的，是在自我欺骗。真正的实验家，如庞德竭力主张的那般，非得**全然一新**不可，并且在这过程中为自己发掘出东西。但倘若作家尚未失去理智，他们还要同普罗大众保持联系，把他们世界里的消息带到我们的世界。

在一首诗或一篇短篇小说里，用平常但精确的语言描写平常的事和物，赋予这些事物——一把椅子，一幅窗帘，一把叉子，一块石头，一只女人的耳环——以巨大的，甚至令人惊慑的力量，这是可能的。写一行看似无关痛痒的对话，却让读者的背脊阵阵发凉——这是艺术享受之源，就像纳博科夫做的那样——也是可能的。这种写作最能使我产生兴趣。我厌恶潦草或随意的写作，不管它

① 原文为法语。——编者注

是打着实验的旗号，还是拙劣的现实主义的呈现。在伊萨克·巴别尔那篇绝妙的短篇小说《居伊·德·莫泊桑》里，关于小说写作，叙述者说了这么一句话："没有哪件利器能像一个放对地方的句号那样，能如此有力地刺穿人心。"这句话也应该写到卡片上。

作家埃文·康奈尔曾说过，当他发现通读一篇自己写的短篇时拿掉了几个逗号，再读一遍时又把那几个逗号放回原位，他就知道这篇小说算是完稿了。我欣赏那样的写作方式。我十分敬佩对未完成作品的那份用心。说到底，字词是我们所拥有的一切，它们最好是恰当的，并在恰当的地方加上标点，那样它们便能最好地表达出想表达的意思。倘若字词充满了作家未加约束的情绪，倘若字词由于其他原因而不明确，不精准——不管出于什么原因用词含混——读者的视线就会从它们上面滑走，那就劳而无功了。读者自己的艺术感受也无法被激发。亨利·詹姆斯称这类不幸的写作为"无力的刻画"。

我的一些朋友曾告诉我，他们得快马加鞭赶完一本书，因为他们需要钱，他们的编辑、他们的老婆指望着他们，或者是要离开他们——等等，这是对作品质量不佳的托辞。"倘若我有时间慢慢写，就会写得好得多。"听见一位小说家朋友如此之言，我不由得目瞪口呆。现在我想起这事，照样还会目瞪口呆，只是我不再去想罢了。这事与我无关，然而，如果作品不能写得同我们心里希望的一样好，那为什么要写呢？说到底，竭尽全力之后获得的满足，以及那番辛勤笔耕的证明，是我们能带入坟墓的一样东西。我想对我的朋友说，看在老天的分上，去干点别的什么吧。世上肯定有更轻松和或许更实在的谋生方式。不然就竭尽你的能力、你的才华去写，别去辩解，别找托辞。不要抱怨，不要解释。

在一篇被简单地叫作《短篇小说写作》的随笔里，弗兰纳里·奥康纳谈到写作是一种发现的行为。奥康纳说当她坐下来写一篇短篇时，常常不知道往哪里走。她说她怀疑许多作家一开始动笔时并不知道会往哪里走。她拿《善良的乡下人》举例说明她落笔写一篇短篇时，直到趋近故事尾声，她才猜测得出结局：

　　开始写那个短篇时，我不知道会出现一位装了一条木腿的博士。我只是发现有一天早晨自己在写一段描述两位妇女的文字，我对她们的事多少有所知晓，不知不觉之中，我给其中一位妇女配了一个装了木腿的女儿。我又加进了一个兜售《圣经》的人，不过我尚不知道我会怎么处理他。直到行窃发生的前十至十二行文字，我才知道他会偷那条木腿，然而我一旦发现这是将要发生的事，就意识到这是不可避免的了。

几年前，我读到这段文字时，震惊于她——或者就这点而言的任何人——竟是这样写短篇小说的。我原以为这是令我自己难为情的秘密，对此还略感不安。我原以为这样创作一篇短篇，会暴露我自己的短处。我记得读到她对这个话题的看法时，受到了多么大的鼓舞。

有一回，我坐下来写了一篇成稿相当不错的短篇，虽说我刚动笔时，我的脑海里只有这个故事的第一个句子。这句子好几天来一直在我头脑里盘旋："电话铃响时，他正在吸尘。"我知道故事就在那里，它等着被讲述。我本能地感觉有一个这样开头的故事，只等我有时间把它写出来。我找到了时间，整整一天——十二个，甚至十五个小时——如果我想好好利用它的话。我照办了。早上我坐下来，写下那第一句话，其他句子就立即接踵而至。写那个故事就像写一首诗：一个句子，然后下一句，再下一句。不一会儿，我就看到一个故事成形了，我知道它就是我的故事，那个我一直想要写出来的故事。

我挺喜欢短篇小说里藏有某种威胁或凶险的感觉。我认为短篇小说里略有些凶险是不错的。一来，这有利于它的销量。短篇小说得有紧张感，让人感觉有什么事情即将发生，某些事情正无休无止地进行着，否则通常就无法成为一个故事了。一篇小说中的张力，一部分来自具体字句彼此衔接的方式，由此构成可见的故事进展。然而还有一部分来自未经着墨的、具有暗示性的事情，那些是藏在光滑（但有时是断裂而不稳定的）表象之下的景观。

V. S. 普里切特[①] 对短篇小说的定义是"路过时从余光里瞥见的东西"。注意其中那一"瞥"。首先有一瞥。然后那一瞥活了过来，变成能够点亮那个瞬间的东西，并且，倘若我们运气好——又是那个词——或许会带出更深刻的结果和意义。短篇小说家的任务便是竭尽全力投

---

① V. S. 普里切特（Sir Victor Sawdon Pritchett, 1900—1997），英国作家，文学评论家，尤以短篇小说著名。

入到这一瞥里。他要为此充分发挥自己的智慧和文学技巧（他的才华）、他的分寸感以及对事物的得当把握：那些事物的真正模样究竟如何，他又如何看待感受它们——他得有一些独到之见。而这要通过使用清晰、具体的语言来实现，如此使用语言，从而使细节活灵活现，那样就能为读者点亮这个故事。为了让细节落到实处，传神达意，语言必须精准无误。字词可以极其精准，以至于它们看似平淡无味，但照样能达意，倘若使用得法，必会恰到好处，完美无缺。

火

影响即力量——境况、个性，一如潮汐，不可抵挡。我说不好哪些书籍或作家可能影响了我。那种影响，来自文学的影响，我很难一一对号入座。如果我说我受自己读过的每一本书的影响，就如同我说我认为自己不受任何作家的影响一样是错误的。举例来说，我一直都很喜欢欧内斯特·海明威的长篇和短篇小说。但我认为劳伦斯·达雷尔[①]的作品独树一帜，在语言方面无可企及。当然，我不像达雷尔那样写作。他对我自然就没有"影响"。有时我的写作被说成"像"海明威。可我也不好说他的写作影响了我的写作。我二十多岁时开始阅读并且崇拜过许多作家的作品，达雷尔是其中之一，海明威也是。

所以，我不懂有关文学的影响。不过说到其他种类的

---

① 劳伦斯·乔治·达雷尔（Lawrence George Durrell，1912—1990），英国小说家，剧作家，诗人。代表作有《亚历山大四重奏》《苦柠檬之岛》等。

影响，我确实有些看法。我所知一二的那些影响，常常以乍一看挺神秘的方式施加给我，有时候几乎就成了奇迹。然而随着写作的进展，对我来说这些影响是愈发明显了。不管是过去还是现在，这些影响都是挥之不去的。是这些影响促使我走到这个方向，登上这片岬角，而非另一片——比如湖远端的那片岬角。但倘若这一对我人生和写作的主要影响是负面的，是令人窒息且常常怀有恶意的——我是这样认为的——那我又该怎么办呢？

首先让我来告诉你，我是在一个叫作亚多的地方写下的这段文字，这地方就在纽约州的萨拉托加斯普林斯外。这是八月初的一个星期天下午。时不时地，每隔二十五分钟左右，我就会听见至少由三万多个声音一齐发出的狂吼。这一奇妙的喧嚣来自萨拉托加赛马场。那里正在进行一场知名的比赛。我在写作，不过每隔二十五分钟，我就能听见高音喇叭里传出解说员的声音，宣布马匹的位置。观众的吼声越来越响。这是一种声势浩大、实在令人胆战心惊的声音，它冲破树林，愈发高昂，直到马匹跃过终点线。那吼声过后，我觉得自己筋疲力尽，仿佛自己也参与其中。我能想象手里捏着赛马彩票，而下注的马赢了比赛，或差一点就赢了的情形。要是碰上输赢得由终点照片决定的情况，我可以预料过一两分钟，等照片洗出来，正式结果公布，还会再听到一阵狂呼乱叫。

自从我到此地，第一次领教高音喇叭里解说员的嗓门和观众的激情狂呼以来，已有几天了，我一直在写一篇背景设置在厄尔巴索的短篇小说，我以前在那座城市生活过一阵子。故事写的是几个去厄尔巴索城外的赛马场看赛马的人。我不想说这篇小说已成熟于心，就等落笔。不，还没有；而且如果那样说的话，听起来就会是另外一回事了。但仅就这篇短篇而言，我需要借点什么力推一把，把它写出来。我到亚多之后，第一次听到这里的观众和高音喇叭里解说员的声音时，在厄尔巴索生活时发生的一些事就回到我脑海里，引发了我的构思。我想起我去过的赛马场，以及在两千英里之外发生过、本该发生或即将发生——反正在我的小说里会发生——的一些事。

于是我的小说慢慢成形了，这便是所谓的"影响"。当然，每个作家都会受到这类影响。这是最常见的一种影响——这件事引发那件事，那件事引发另外的事。这种影响对我们来说，就像雨水那样平常自然。

不过在我往下进入我想说的话题之前，让我再来举一个类似前面所说的那种影响的例子。不久前我住在雪城，我正在写一篇短篇时，电话铃响了。我接起电话。电话那端是一个男人的声音，显然是个黑人，要找一个叫尼尔森的人。拨错号码了，说完后我就挂了。我回去继续写我的短篇。可没多久，我就发现自己不知不觉在短篇里加了一个黑人角色，一个多少有些邪恶的角色，名叫尼尔森。就在那一刻，小说情节有了不一样的转折。不过令人高兴的是，现在看来——其实那时我心里多少也有数——对小说来说，这是一个对的转折。我着手写那篇小说时，对尼尔森出现在小说里的必要性，我是既不可能准备也不曾料想的。但是现在，小说完稿了，即将被刊登在一份全国性的杂志上了，我发现把尼尔森放在小说里，连同他那有点邪恶的一面，是既正确又恰到好处的，而且我相信，就美学角度而言也是正确的。此外，这个角色歪打正着地出现在我的小说里，对这歪打正着，我充分相信自有其道理，我这么做是对的。

我的记性不好。我的意思是说我的生活里发生的许多事情我都已忘记——这当然是福气——但有一些长段长段的日子，我怎么都无法细思或回想起来，我住过的小镇和城市，一些人的名字，以及这些人本身。大片大片的空白。不过我能记得一些事。细小的事——某个人以某种特殊的方式说了什么话；某个人放肆的，或低沉、紧张的笑声；一片风景；某个人脸上某种悲伤或困惑的神情；我也记得一些很戏剧化的事——有人怒气冲冲地拔刀冲着我，或是我听见自己威胁别人的声音。看到有人砸破一扇门，或滚下一段楼梯。那些更戏剧化的记忆，碰上需要，我能将它们回忆起来。但我没有那样能把完整的对话一句不漏，连同实际说话时的手势动作和细微表情都回忆出来的记忆力；我也想不起来自己待过的任何一个房间里的家具陈设，更别提我在记忆整个房子的陈设上的无能了。我甚至想不起来有关赛马场的很多具体细节——除了，比如，大看台、投注窗口、闭路电视屏幕、人头攒动。嘈杂喧闹。我在我的小说里编造对话。我在人物周围摆上家具陈设和具体物件，因为我需要那些东西。或许，这就是为什么有时别人说我的小说是未经修饰的，简约的，甚至是"极简主义"的。但也许，这只不过是必要性和便利性两者的有效结合，促使我以自己的方式来写我写的那种小说罢了。

当然，我写的那些故事没有一个真正发生过——我不是在写自传——但其中的大部分与生活中发生的事件或情景仍有相似之处，无论这种相似之处多么微小。然而当我试图回想与小说情节相关的具体环境或陈设（比如当时是否有花，是哪种花，它们有没有香气，诸如此类）时，我常常会完全不知所措。因此我得边写边编——小说中的人物彼此说了些什么，接着他们又干了些什么，如此叙说之后，他们又发生了什么。我编造了他们彼此之间说的话，虽说在对话里，或许有只言片语、一两个句子，是我曾经在某个时候、某个特定场合听到的。那个句子甚至可能就是我写这篇小说的出发点。

亨利·米勒在四十多岁时创作《北回归线》，顺便提一句，我很喜欢这本书，他当时谈到自己试图在一间借住的屋中写作，在那里，他随时都可能不得不停下笔来，因为他坐着的椅子随时会被人从屁股下抽走。直到最近，我的生活状态也一直如此。就我所记得的，自十几岁以来，我便常常担心那把椅子会被抽走。一年又一年，我和妻子为了头上有屋瓦、桌上有面包牛奶而东奔西跑，手忙脚乱。我们没有钱，没有显见的，也就是说，能够挣钱的技能——没有法子挣到比勉强度日更好的生活。我们没有受过教育，虽说我们俩对此都十分渴望。我们相信，教育会替我们打开大门，帮助我们找到工作，这样一来，我们就能让自己和孩子们过上盼望的那种生活。我妻子和我，我们怀有许多远大的理想。我们以为我们埋头苦干，就能做到一心要做的事。但我们错了。

我得说对我的人生和我的写作最大的影响，直接也好间接也罢，是来自我的两个孩子。他们出生时，我还不到二十岁，在我们同在一个屋檐下过日子的时间里——大约十九年——我的生活里无一寸空间不渗透着他们那强烈且通常颇为有害的影响。

弗兰纳里·奥康纳在她的一篇随笔中写道，过了二十岁，作家的生活里就不再需要发生太多事了。构成小说的许多事，作家在二十岁之前都已经历。足够了，她说。足够作家在接下来的创作生涯中使用了。对我来说却不是这样的。我绝大部分可以作为小说"素材"的事都是在我二十岁之后碰上的。为人父母之前的生活，我实在不记得多少。我真的不认为我生活里发生了多少事，直到我满了二十岁，成了家，有了孩子。之后才开始有事发生。

二十世纪六十年代中期，我在爱荷华市里一家繁忙的自助洗衣店，想洗五六桶衣服，大部分是孩子们的衣服，当然也有几件是我们自己的，我妻子和我的。那个礼拜六下午，我妻子在大学体育俱乐部里做服务员。我做家务，管孩子。那天下午他们和别的孩子在一起，也许是在参加一个生日聚会，诸如此类。但那个时候，我正对付着洗衣服的活儿。因为不得不使用好几台洗衣机，我已经跟一个老泼妇有过一场舌战。我正等着和她或像她那样的人再来一轮。我紧张地留意着人来人往的洗衣店里转动着的那几台烘干机。等到其中一台机器一停，我就准备带着一大筐湿衣服扑过去。要知道，我已经守着这一大筐衣服，在洗衣店里耗了三十分钟，等着机会来临。我已经错过了两三台烘干机——被人抢了先。我快疯了。就像我说的，我现在记不清那天下午孩子们在哪里。我也许得去某个地方接他们，天色越来越晚了，那也影响了我的精神状态。我知道的是即便我能把衣服全都塞进一台烘干机，也还得等上一个钟头或更长时间衣服才会干，我才能将它们塞进袋子，带着它们回到我们位于已婚学生宿舍楼的公寓里。终于有一台烘干机停了下来。它停下来时，我就在它跟前。里面的衣物不再滚动，停在那里。要是过上三十秒，这堆衣服还无人认领，我就打算请它们滚蛋，把我的放进去。这是自助洗衣店的法则。可就在那时，一个女人走向这台烘干机，打开滚筒门。我站在那里等着。这个女人把手伸进烘干机，捏起几件衣物。但她认为它们没干透。她关上门，又往机器里塞进两枚十美分硬币。我木然推起购物车走开，再次回到等待之中。然而我记得就在那个瞬间，在一种抑制不住的、快要让我哭出来的挫败感里，我想到，我在这世上经历过的任何事情中没有一件——伙计，我的意思是真的没有——能比我有两个小孩这一事实更重要，对我的影响更巨大。我会永远拥有他们，永远困于这无法摆脱的责任和源源不断的干扰。

我是在说真正的影响。我是在说月亮与潮汐。它就是这样冲我而来。就像窗户被猛地吹开，一阵疾风迎面扑来。在那之前，我一直在想，究竟想了什么，我说不准，但我想事情总是会变好的——我此前人生里所期盼的或想做的事，都是可能的。但就在那个瞬间，在自助洗衣店里，我意识到完全不是我想的那样。我意识到——我以前都在想什么？——在很大程度上，我的人生无足轻重，充满混乱，也不见多少亮光透进来。就在那瞬间，我感觉到——我明白了——我所过的生活与我最敬仰的作家们的生活有着巨大的差别。我所了解的作家不会把礼拜六耗在自助洗衣店，也不会在醒着的每时每刻都受制于他们孩子的需求和无理取闹。不错，不错，有不少作家面临过严酷得多的写作阻碍，包括被监禁、失明、受到折磨或死亡等这样那样的威胁。但即便知道这点也不能使我释然。在那个瞬间——我发誓这一切都发生在那家自助洗衣店里——我看不到未来，只看到年复一年的责任和困惑。事情会稍有变化，但永远不会真的变好。我明白了这一点，但我能否接受它？在那个瞬间，我明白需要做出妥协。目标得放低。我后来意识到，我有了一次顿悟。但那又怎样？顿悟是什么？它们没什么用。它们只会使事情变得更艰难。

多年来，我和妻子一直抱有这样一种信念，即只要我们努力工作，做正确的事情，一切就会顺利。靠这样的信念努力生活，并不算一件坏事。刻苦工作，目标，善意，忠诚，我们相信这些皆是美德，有朝一日必有所回报。我们有时间梦想时，就会梦想那种时刻的到来。但最终，我们意识到刻苦工作和梦想是不够的。在某个地方，也许是在爱荷华城，或不久之后在萨克拉门托，梦想开始破灭。

时间来了又去，我和妻子视为神圣的，或认为值得敬重的一切精神价值，都崩塌了。一些糟糕的事落到了我们头上。我们从没见过这些事发生在别人家里。我们无法完全理解发生了什么事。那是一种腐蚀，而我们阻止不了。不知怎的，趁我们一不留神，孩子们就爬上了驾驶座。现在听起来也许十分荒唐，但他们握住了缰绳和马鞭。我们根本无法预料这样的事会落到我们头上。

在为人父母的那些生猛的日子里，我一般没时间或心思，去考虑写篇幅较长的东西。我的生活境况，用 D. H. 劳伦斯的话说，那种"艰难行进"，是不允许我这么做的。我有两个小孩的生活境况替我另做了决定。这种生活说，要是我想写什么东西，将它们写完，并且还想从这些作品中获得一些满足感，那我就得专心创作诗歌和短篇小说。短一些的作品，运气好的话，我可以坐下来一口气写完。很久以前，甚至早在去爱荷华城前，我就知道我写长篇会遇到困难，原因是我心神不定，无法在一段持续的时间里对任何事情集中注意力。现在回过头看，在那些充满渴求的岁月里，我想是挫败感使我逐渐崩溃。反正，这样的生活境况尽可能地替我决定了我可以写作的形式。恕我这么说，我并不是在抱怨，只不过是怀着一颗沉重的、仍然惶惑不已的心，说出了事实。

这么说吧，即便我能够在一篇长篇上集中思想和精力，我仍然无法等待它的回报，就算会有回报，也得花几年工夫走下去。我看不见那条出路。在我下班后，在失去兴趣前，我得坐下来，写一些当下就能写完的东西，今晚，或最迟明晚就能写完，不能再迟了。那些日子里，我总是在干各种杂活，我妻子也一样。她做服务生，不然就是挨家挨户上门推销商品。多年后她当上了高中老师。但这已是好多年后的事了。我当过锯木厂工人、门卫、快递员、加油站工人、仓储工人——凡是你叫得出名字的活儿，我都干过。有年夏天，在加利福尼亚州的阿克塔，我白天靠摘郁金香来养家糊口，我发誓这是真的；夜里等那家兔下车餐馆打烊后，我就清理餐馆，打扫停车场。有一回，我甚至还考虑过，虽然就考虑了几分钟——对着一张求职表——去当一名收账人！

那些日子里，我要是每天能在为工作和家庭奔忙之后，挤出个把钟头，那就再好不过了。简直是天大的好事。能拥有那一个小时，我就心满意足了。但时常出于各种缘故，那一个小时我也捞不到。我就只好盼望礼拜六，虽说有时碰上事情，礼拜六也没了。可还有礼拜天可以期待。礼拜天，或许吧。

我不觉得我能这样写长篇，换句话说，我实在没招。在我看来，要写长篇，作家应该活在一个合情理的世界里，一个他能相信的世界，瞄准目标，有的放矢，然后准确地写出来。一个反正在一段时间里，固定在某处的世界。与此同时，还需要相信这个世界在本质上的正确性。要相信这个已知的世界有其存在的理由，值得去写，不太可能写着写着就灰飞烟灭。而我所知的、生活于其中的世界并不是这样。我的世界似乎每天都在按照它的规则换挡变速、掉转方向。我时常落到这样的境地：对于下个月一号之后的事情，我无法做任何打算，而在那之前，还要千方百计凑足钱，付房租，替孩子们置备上学的衣裳。真的是这样。

对我在文学上付出的任何所谓的努力，我都想见到实实在在的回报。欠条，承诺，定期存款单，请都免了吧。所以我有意，而且也是出于需要，限制自己去写我知道可以一口气，最多两口气写成的东西。我说的是初稿。我向来有耐心修改。那些日子里，改稿子是一件我欣然期待的事，它需要占用时间，而我挺乐意这时间被占用。一方面，我并不急于完成还在写的短篇小说或诗歌，因为完稿就意味着，我得找到时间和信心开始写别的。所以在完成一个作品的初稿后，我会对它耐心有加。我会将一些作品放在家里，似乎会放很长一段时间，摆弄它，这里改改，那里加点东西，再删掉一些。

这种碰运气的写作方式持续了近二十年。其中有过美好的时候，当然，有某些成年人才能体会的乐趣和为人父母才能获得的满足。但若要我重过一回那段日子，我还不如去喝毒药。

如今我的生活境况已大不一样了，但现在我选择去写短篇小说和诗歌。或者说，至少我认为是我自己选择的。

也许这完全是先前的写作习惯所致。也许我仍然不能适应这种想法，即我拥有了大把可以写作的时间——写任何我想写的东西！——还不用担心屁股底下的椅子会被突然抽走，或者我的某个孩子开始嚷嚷他要吃的晚饭为什么还没端上来。然而我一路过来，也学到了些事情。我学到的其中一件事是，我必须弯曲，不然便会折断。我还学到，弯曲的同时也有可能折断。

我要说说另外两个对我的人生产生影响的人。其中之一是约翰·加德纳，一九五八年秋季，我在加州州立大学奇科分校上初级小说写作课时，他是那门课的教师。我和妻子带着孩子们刚从华盛顿州的亚基马搬到加利福尼亚州一个叫作天堂镇的地方，那地方在奇科城外十英里的丘陵地带。有人保证给我们提供廉租房，当然，我们觉得搬去加利福尼亚州会是一次大胆闯荡。（在那些日子里，以及之后很长一段时间内，我们都时刻准备着闯荡。）当然，我得找份工作养活一家人，但是我还打算半工半读上大学。

加德纳那时刚从爱荷华大学博士毕业，而且据我所知，他已经写了若干尚未发表的长篇和短篇小说。之前我从未遇到写过长篇小说的人，不管是否发表。第一堂课上，他带我们走出教室，叫我们坐在草坪上。我记得，我们一共有六七个人。他走了一圈，让我们说说喜欢的作家。我记不得我们提到的那些名字了，不过它们准是不太对。他说他不认为我们当中有谁具有成为真正作家的品质——在他看来，我们中没有人拥有那把必不可少的火。不过，他说他会竭尽全力帮我们一把，虽说明摆着，他并不抱太大希望。可话中还暗含着一层意思：扬帆启程在即，我们最好抓牢帽子。

我记得在另一堂课上，他说对所有畅销的杂志，除了嗤之以鼻外，他是不打算提到它们的。他带来了一堆"小"杂志，就是那些文学季刊，叫我们去读那里面的作品。他告诉我们国内最优秀的小说和诗歌都是在这些上面发表的。他说他的任务就是要告诉我们去读哪些作家，教我们怎么去写作。他的自负令人惊叹。他给我们列了一个他认为多少有些价值的文学小杂志的名单，然后和我们一起过了一遍，每本杂志都介绍了几句。当然，我们谁都没听说过那些杂志。那是我有生以来第一次知道它们的存在。我记得那次——也可能是在一次会议上——他说，作家既是天生的也是后天造就的。（果真如此吗？我的天，至今我也没弄明白。我想每个教授创意写作课程，并认真对待这份工作的作家，在一定程度上是得相信这一点的。演奏家、作曲家、视觉艺术家都有学徒期——那作家为什么没有呢？）我那时易受影响，我想现在仍然如此，但那时他说的每句话、做的每件事都令我印象极其深刻。他会拿一篇我的小说初稿，跟我一起从头到尾过一遍。我记得他非常耐心，想让我明白他试图教给我的东西，他一遍又一遍地告诉我，用精准的词语表达我想表达的意思有多么重要。不要模棱两可、含糊其词，不要把文章写得和烟色玻璃一样。他一遍遍给我敲警钟，要我知道使用——我不知道还能怎么说——平常的语言，即日常用语，那种我们彼此交流时用的语言，是何其重要。

　　不久前，我们在纽约州的伊萨卡一起吃晚饭，我提起了那时我们在他办公室里的几次讨论。他回答说他那会儿告诉我的所有事情大概都是错的。他说："对于许多事情，我的看法都改变了。"而我所知道的是，他以前给我的建议正是那时我需要的。他是一位出色的教师。在我的那段人生里，碰上有人能认真地对待我，和我一起坐下来看我的文稿，实在是一件极好的事。我知道正有一些关键性的事发生在我身上，一些意义重大的事。他使我明白，准确无误地说出想说的话，不赘述，不用"文学"的字句或"伪诗歌"的语言是何其重要。他会努力向我解释不同表达之间的区别，比如，"一只野云雀的翅膀"（wing of a meadow lark）和"野云雀之翅"（meadow lark's wing）。两者在声音和感觉上是不同的，对不对？再比如"地面"（ground）和"大地"（earth）。他会说，地面就是地面，它指的是地面、尘土之类的东西。但要是你说"大地"，这就是另外一回事了，这个词带有其他的衍生意思。他教我在写作里用缩略形式。他教我怎么用最少的文字来表达我想表达的东西。他让我明白在短篇小说里，一切都至关重要。逗号、句号往哪儿放，同样都有讲究。为所有这一切——为他给我他的办公室钥匙，让我周末有地方可以写作，为他包容我的莽撞无礼、胡言乱语，我将永远心存感激。他是一位影响了我的人。

十年之后我还活着，还和我的孩子们生活在一起，还偶尔写篇短篇小说或一首诗。我把其中一篇偶然写成的小说寄给《时尚先生》杂志，这么做是希望能暂时把它忘掉。可小说随即又被退回到我手上，还附有戈登·利什的一封信，他那时是杂志的小说编辑。他说他退回了我的稿件。他并没对退稿表示抱歉，并非"不得已"而退，就是退我的稿而已。不过他要求看看别的作品。所以我马上把手上所有的作品统统寄过去，他也马上把所有的作品统统退回来。不过随我寄去的作品一同回来的，还有一封友好的信。

那是七十年代初，我和家人住在帕洛阿尔托。我三十岁出头，有了第一份白领工作——在一家教材出版公司做编辑。我们住在一栋带一间旧车库的房子里。以前的房客把车库改装成了游戏室，每天晚饭后，我都去这间车库里试着写点东西。如果什么也写不出来——这是常事——我就会独自在里面坐一段时间，庆幸能远离房子里似乎一刻不停的吵闹。我在写一个我打算叫作《那些邻居》的短篇。最终我写完了，把它寄给了利什。他几乎立即就来了回信，告诉我他有多么喜欢那篇作品，还要把标题改为《邻居》，他正推荐杂志社买下这篇作品。杂志社买下了，果真刊出了；在我眼里，一切都将不一样了。《时尚先生》

不久又买了另一篇短篇，接着又一篇，如此持续了下去。在这段时期，詹姆斯·迪基成了杂志的诗歌编辑，他开始发表我的诗歌。从一方面来说，事情似乎从未这么顺利。但那时我的孩子们正在大肆吵闹，就像这一刻我听见的来自赛马场观众的狂啸，他们正活活地吞噬着我。不久后我的人生又换了个方向，一个急转弯，接着就刹了车，卡在了一条岔道上。我哪里都去不了，要进不得，要退不成。也就是在这个时期，利什收集了我的一些短篇，推荐给了麦格劳－希尔出版社，他们出版了这些短篇。但我暂时仍卡在岔道上，无法朝任何方向前进。倘若曾经燃过这么一把火，它也已熄灭。

影响。约翰·加德纳和戈登·利什。他们的影响不可磨灭。但主要还是我的孩子们。他们是主要的影响。他们是我生活与写作的原动力和塑造者。你们看得出，我仍处于他们的影响之下，现在的日子相对来说是放晴了，沉默是对的。

约翰·加德纳：当教书先生的作家

很久之前——那是一九五八年夏天——我和妻子带上我们的两个小孩从华盛顿州的亚基马搬到了加利福尼亚州奇科城外的一个小镇。我们在那里找到一栋老房子，月租二十五美元。为了筹钱搬家，我不得不向一位药剂师借了一百二十五美元，这人名叫比尔·巴顿，我替他送过处方药。

我提这件事是为了说，那时候我和妻子穷得连一个子儿都没有。我们勉强度日，但按照计划，我要去那时还叫奇科州立学院的地方上课。我所能记得的是，我早就想当作家了，远远早于我们搬去加利福尼亚州寻找另一番人生，分得属于我们的那一块美国馅饼。我想写作，我什么都想写——小说当然不用说，还有诗歌，戏剧，脚本，替《运动场》《真实》《大船》《恶棍》（我当时阅读的一些杂志）撰文，为本地报纸写文章——写任何东西，只要能把文字放到一起，组成顺畅连贯、让除我之外的其他人也感兴趣的东西。但我们搬家那会儿，我从骨子里感到为了走上作家之路，我必须去受点教育。我那时把教育看得非常重要——我敢肯定，比现在重要多了，因为现在我年纪大了，而且受了教育。要知道，我家里从来没有一个人上过大学，这么说吧，没有一个人的学历超过义务教育规定的中学八年级。我那时很无知，但我知道我无知。

除了受教育的渴望，我还有着强烈的写作欲；这欲念是那么强烈，加上我在大学里受到的鼓励和获得的见识，让我坚持不懈地写啊写，尽管"明智的判断"和"无情的事实"——我生活的"现实"早就一次次告诫我，我应当放弃，停止做梦，心平气和地去干点别的事。

那年秋天，我在奇科学院注册了多数大一新生的必修课程，可我同时还注册了一门叫创意写作101的课。这门课将由一位名叫约翰·加德纳的新教师教授，那时已经有了些神秘和浪漫的传闻围绕着他了。听说他在欧柏林学院教过书，但离开了那里，缘由不明。一个学生说加德纳被炒了鱿鱼——学生们就像其他人一样，对谣言和秘闻最是来劲，另一个学生说加德纳只是因为什么事自己辞的职。

也有人说他在欧柏林的教学工作量——每学期开四五个班级的大一英语课——太重，他找不到时间写作。据说加德纳是一位真正的，也就是说正在写作的作家——一个写过长篇和短篇小说的人。不管怎样，他要在奇科教创意写作101，而我选了这门课。

将要听一位真正的作家教的课，这叫我很是兴奋。在这之前我从未见过任何作家，因此我满心敬畏。可他写的长篇和短篇都在哪儿呢，我想知道。好吧，都还没发表。听说他没能发表自己的作品，所以把作品装在箱子里随身携带。(成了他的学生后，我看到了那些装在箱子里的书稿。加德纳渐渐注意到我有难处，找不到写东西的地方。他知道了我家有小孩，住所逼仄。他就给了我他的办公室钥匙。现在我把这份礼物视为一个转折点。我想，它并不是信手给出的，我把它当成一种授权——因为就是这样。每礼拜六和礼拜天，我都会在他的办公室待一段时间，他的一箱箱书稿就放在那里，在书桌边的地上堆着。其中一只箱子上用铅笔写着《镍币山》，我现在只记得这个标题。但就是在他的办公室里，在目光所及之处就是他尚未发表的作品的地方，我开始了最初的严肃写作尝试。)

我遇见加德纳时，他正坐在设于女子健身房的登记处的一张桌子后面。我在那门课的名册上签了名，拿到一张课程卡。他和我想象中作家该有的模样相去甚远。老实说，那时候他的模样和衣着很像长老会牧师或联邦调查局的官员。他总是一身黑西装，白衬衫，打一条领带。他还留着平头。（那时跟我年龄相仿的年轻小伙子大都留一种叫作"鸭屁股"的发型——将脑袋两侧的头发往后梳拢到后颈处，再抹一层发油或发膏。）我要说的是加德纳看上去非常正儿八经。点睛之笔是，他开一辆黑色四门雪佛兰，轮胎也是全黑的，便利设备基本全无，连汽车收音机都没有。后来我跟他熟了，有了他给的钥匙，常借用他的办公室写作，我会在礼拜天早晨坐在他那张靠窗的书桌前，把他的打字机敲得噼啪响。不过我会留意窗外，看他的汽车停到前面的街边，每逢礼拜天都是如此。接着加德纳和他第一任妻子琼会下车，他们都穿着一身正式的深色服装，沿着人行道走向教堂，进去做礼拜。一个半钟头之后，我会看着他们走出来，沿人行道走回他们的黑色汽车，上车，开走。

加德纳留平头，穿得像牧师或联邦调查局的人，礼拜天上教堂。但他在其他方面并不老派。他在第一节课上就打破了常规：他是个烟不离手的人，讲课时也一根接一根抽不停，拿一只铁皮垃圾桶当烟灰缸。那时课堂上是没人抽烟的。当另一位使用这间教室上课的教授反映了这件事后，加德纳只是跟我们议论几句，说那人小气、心胸狭隘，然后打开窗户，照抽不误。

对班上写短篇小说的学生来说，他的课程要求是写一个短篇，十至十五页。对那些想写长篇的学生——我想班里肯定有一两个这样的人——则是写二十来页篇幅的一个章节，并附加一份全文的概要。问题是这个短篇或长篇的这一章节，或许会在一学期的课上修改上十遍，直到加德纳满意为止。他的一个基本信条是，作家在看着自己说过的话的过程中会发现他真正想说的话。而这种看，或更清楚地看，是在修改过程中实现的。他笃信修改，无止境的修改，他相当看重这件事，他认为无论作家处于哪个发展阶段，这都至关重要。他一读再读学生的习作，似乎从未失去过耐心，哪怕他也许已看过它的前五个版本。

我想他在一九五八年对短篇小说的看法与他在一九八

二年对短篇小说的看法大抵相同：短篇小说应该有一个鲜明的开头、中间和收尾。他有时会走向黑板，画一个简图来说明他想阐述的有关短篇小说中情绪跌宕起伏的观点——顶峰，低谷，高原，解决方式，结局，等等。我尽了最大努力，也无法对这方面的东西，即他写在黑板上的东西，产生什么大的兴趣或真正的理解。不过对他将学生的习作拿到课上进行讨论的方式，我倒是十分理解。如果作者写了一个有关瘸子的故事，但直到小说尾声才点明他瘸了腿，加德纳便会大声质疑作者这么做的理由。"这么说来，你认为直到最后一句话才让读者知道这男的是瘸子是个妙招吗？"他的语气流露出他的不满，课堂上的所有人，包括作者本人，立即就明白这招并不高明。任何向读者瞒住重要且必要的信息，还指望在小说结尾以大吃一惊来镇住读者的招数，都是作弊。

在课上，他总是提到那些我不熟悉的作家的名字。或尽管这些名字我有所耳闻，但从没读过他们的作品。康拉德，塞利纳，凯瑟琳·安·波特，伊萨克·巴别尔，沃尔特·范·蒂尔堡·克拉克，契诃夫，霍特森·卡希尔，科蒂斯·哈耐克，罗伯特·潘·沃伦。（我们读了沃伦的短篇《黑莓之冬》。出于某种原因，我不怎么喜欢它，我也是这么和加德纳说的。"你最好再读一遍。"他说，显然不是在开玩笑。）威廉·加斯是他提到的另一位作家。加德纳刚起步办自己的杂志 *MSS*，将要在第一期上刊登加斯的《小孩佩德森》。我看了小说的手稿，可没看懂，便又向加德纳抱怨了。这次他没叫我再读一遍，而是把稿子从我手上抽走了。他谈论起詹姆斯·乔伊斯、福楼拜和伊萨克·迪内森来，好像他们就住在尤巴城，是他的街坊邻居似的。他说："我来这里，是来告诉你们去读谁，教你们怎么写。"我会茫然地离开教室，直奔图书馆，去找他谈到的那些作家的作品。

海明威和福克纳是当时盛极一时的作家。可这两位的大作，我可能最多只读过两三本。不管怎样，他们如此出名，被大家整天谈论，可他们总没有那么好，是不是？我记得加德纳跟我说："把你能弄到手的福克纳的书全读了，之后再把海明威的书全读了，让它们冲走你脑海中的福克纳。"

有一天课上，他抱来一箱杂志，在班上分发传阅，好让我们熟悉那些刊物的名字，看到它们长什么样子，拿在手里感觉如何，他就是这样把"小"期刊或者说是文学期刊介绍给了我们。他告诉我们国内绝大部分最优秀的小说以及几乎所有的诗歌皆出于此。小说，诗歌，文学随笔，新书书评，活着的作家对活着的作家的评论。那些日子里，这些新发现令我欣喜若狂。

他给班上我们这七八个学生都订购了黑色厚文件夹，跟我们说我们应该把自己写好的作品收在里面。他说，他自己的作品就是收在这种文件夹里的，当然也为我们准备了。我们把自己的小说装在文件夹里随身携带，感觉自己不同凡响，独一无二，鹤立鸡群。而我们确实是那样。

我不知道当加德纳与学生面谈写作时，他是怎样对待别的学生的。我猜他在每个人身上都投入了大量的心血。但我那时有种印象，现在也仍这么认为，就是他尤其重视我的短篇，读起来更用心、更仔细，这是我不曾奢望的。能从他那里得到那样的批评意见，我是完全没有料想到的。我们面谈之前，他会在我的小说上做好标记，划掉不能接受的句子、词语、个别字眼，甚至一些标点符号；他让我明白这些删减没有商量的余地。对另外一些句子、词语或个别字眼，他会加上括号，这些是我们要讨论的，是可商榷之处。他会毫不犹豫地在我写的东西上添几笔——这里加一个字，那里添几个词，也许再加个句子，把我想要说的话说透。我们会探讨我小说里对逗号的使用，仿佛那一刻世上没什么能比逗号更重要的了——也的确没有。他总是在寻找可以称赞的地方。倘若某个句子、某行对话、某段叙述令他欣赏，某些文字他认为"起作用了"，能将小说朝某个可喜的或出人意料的方向推动，他就会在旁边批道："好"，或者"不错！"。见到这些批语，我感到备受鼓舞。

他给我的评语是仔细且逐字逐句的，还有批评的理由，为什么得这样而不是那样；在我成长为作家的过程中，这些评语对我弥足珍贵。对行文如此具体讨论之后，我们会讨论小说在更高层面上的立意，小说想要揭示的"问题"、想要处理的矛盾，以及故事情节是否能契合小说的写作主旨。他深信，如果由于作者的迟钝、无心或滥情而导致小说的用词含混不清，那小说会存在巨大的缺陷。但还有更坏的、应当不惜一切代价避免的情况：要是词语和情绪不诚恳，作者有意伪装，写的东西连他自己都不在乎或不相信，那么这些作品也没人会在乎。

作家的价值观和写作技巧。这，就是他教给我的，也是他主张的，更是自从那短暂但无比关键的时期之后，这些年来我一直恪守的东西。

加德纳这本书[1]在我看来，睿智且真诚地谈了什么是作家，什么是成为作家并坚持下去的必备素质。书中包含了常识、博大的学养，以及一组没有商量余地的价值标准。任何读过这本书的人一定会被作者那种绝对而坚定的诚挚，以及他的幽默和高尚的品格所打动。若你留意，整本书中，作者一直在说"据我的经验……"，这是他的经验——也是我担任创意写作教师后得到的经验，即写作的某些方面是可以教并可以传授给其他人的——通常是更年轻的作家。任何对教育和创造性行为真正感兴趣的人，应该都不会对这一观点感到吃惊。对于大多数优秀的，甚至是杰出的指挥家、作曲家、微生物学家、芭蕾舞蹈家、数学家、视觉艺术家、天文学家或者战斗机飞行员来说，他们的专业知识都是从更资深更有成就的前辈那里学来的。上创意写作课，就像上陶艺或医学课，这件事本身不会把

---

① 此文为雷蒙德·卡佛为约翰·加德纳的《成为小说家》（*On Becoming a Novelist*）一书作的序。

哪个人变成优秀的作家、陶艺家或医生——甚至不会让他在这些事上有所见长。但加德纳深信这也不会损耗你的机会。

教授或修读创意写作课的风险之一在于——此处我再一次凭我自己的经验来说事——对年轻作者的过度鼓励。但我从加德纳那里学到，宁可冒这风险，也不要犯相反的错误。他给予鼓励，不断地给予，哪怕关键的苗头摇摆波动得很厉害，这样的情况通常出现在一个年轻人的学习阶段。与试图从事其他职业的年轻人相比，年轻作者定然需要同样多的鼓励——甚至可以说更多。毋庸明言的是，鼓励必须真诚，绝对不可吹捧。这本书尤其好的地方就在于其中鼓励之语的质量。

对我们所有人来说，失败和失望都是常有的事。我们绝大多数人，或早或晚，都会经历这种疑虑，即我们艰难跋涉，人生并不像我们所计划的那样有所起色。等你到了十九岁，就大致会对自己不会成为什么样的人有了清楚的概念了；但更通常的是，对自己局限所在的领悟，那种真正透彻的理解，要到青年后期或中年早期才会获得。无论是什么教师或多少教育都无法把某个生来就不是作家之器的人打造为一个作家。然而每个开启一段职业生涯或奔赴某一项使命的人，都冒着遭受挫折和失败的危险。世上自有失败的警察、政客、将军、室内设计师、工程师、公交车司机、编辑、文学经纪人、商人、编织篮子的人。世上也有失败且幻灭的创意写作教师，失败且幻灭的作家。约翰·加德纳两者都不是。

加德纳对我的恩情极大，这段文字只能触及一二。我对他的思念无以言述。但能获得他的批评和慷慨鼓励，我自觉是世上最幸运的人了。

诗·一

喝酒开车

八月了，半年里我未曾

读过一册书，

除了一本科兰古① 写的

名叫《撤离莫斯科》的回忆录。

尽管如此，坐在车里

同我兄弟一起

喝着一品脱老鸦威士忌，

我照样很快活。

我们没有目的地，

只管随便开。

若我闭眼一分钟

就再也找不到北和南，不过

① 科兰古 (Caulaincourt，1773—1827),法国军人、外交家，也是拿破仑一世身边的顾问。

我倒乐意躺下来，就这么永远睡过去

就在这路边。

我兄弟捅捅我。

眼下，随时会出事。

运气

我那时九岁。

我的日子里一直离不开

烈酒。我的朋友们

也喝，不过他们能对付过来。

我们带上烟卷、啤酒

还有三两个姑娘

去那边的堡垒。

我们会干干傻事儿。

有时候你佯装

昏过去，就会有姑娘

来探你个究竟。

她们伸出手

顺着你的裤子一路往下摸，

而你躺在那里使劲

憋住笑，再不然

她们会往后仰，

闭上眼，并且

让你摸她们，从头到脚。

曾经在一个派对上，我爸

走到后门廊

去撒泡尿。

我们能听到说话声

比留声机还响，

大家四处站着

笑着，喝着。

等我父亲完事了

他拉上拉链，冲着星光闪烁的夜空

愣神了半晌——那时候

夏夜总是

星星满天——

之后他回了屋。

姑娘们得回家了。

我在堡垒里睡了一整夜

同我最要好的伙伴。

我们嘴亲嘴

还彼此抚摸。

我看见拂晓时分

星星隐去了。

我看见一个女人睡在

我家草地上。

我上下打量她的连身裙，

然后喝了罐啤酒

还抽了支烟。

朋友啊，我以为这

就是生活。

屋里，有人

往一罐芥末酱里

摁灭他的烟。

我就着酒瓶子

喝一大口纯酿，之后

来一杯暖暖的柯林斯鸡尾酒，

之后再来一杯威士忌。

尽管我从一个房间

走到另一个房间，却不见有人在家。

真够运气，我想。

多年后，

我仍愿意放弃

朋友，爱，星光闪烁的天，

换得一栋房子，没有人在，没有人回，

而我会喝光所有的酒。

亏本甩卖

礼拜天一大早，所有的东西已经在外面了——

儿童四柱床和梳妆台，

沙发，床头柜和台灯，一箱箱

杂七杂八的书和唱片。我们搬出了

厨房炊具，收音机闹钟，挂着的

衣服，一把大安乐椅

他们一开始就有了这把椅子

还管它叫"大叔"。

最后，我们把厨房饭桌抬出门

他们围着饭桌摆开摊子开始做买卖。

天气看样子会一直好下去。

我在这里和他们一起住，努力戒酒。

昨晚我就在那张四柱床上睡了一宿。

这事对我们大家都很难。

今天是礼拜天，他们指望同隔壁的圣公会教堂

做成买卖。

这情景真够呛！真丢脸！

任谁看见这堆破烂

搁在人行道边都肯定会难堪。

那个女人，是我家亲戚，一个招人喜欢的人，

曾经想当演员，

她和教区居民们闲聊，那些人

局促地笑着，脱身离去前

手指还在那几件衣服上捻了捻。

那个男人，是我的朋友，坐在饭桌边

煞有介事地看着手里那本书——傅华萨 ① 的《编年史》

透过窗户，我全看得见。

我的朋友完蛋了，没救了，他自己也明白。

这里是怎么回事？难道没人能帮帮他们？

难道每个人都要见证他们败落？

这令我们都沮丧。

必须得有人马上出现拯救他们，

---

① 傅华萨（Jean Froissart），14 世纪法国著名编年史作家。——编者注

此刻就从他们手上接过去这一切，

这一程人生里的每一片留痕

别再让这难堪继续下去。

必须得有人做点什么。

我伸手去掏皮夹，然后我明白了：

我帮不上任何人。

你的狗死了

它被一辆货车碾过。

你在路边发现它

并埋葬了它。

你为它难过。

你自己难过，

你为你女儿难过

因为它是她的宝贝小狗，

她对它宠爱有加。

她经常对着它轻声哼唱

让它睡她的床。

为这事，你写了一首诗。

你称其为写给女儿的诗，

关于那只狗被一辆货车碾过

以及你怎样料理它，

怎样抱它去树林里

深深地，深深地，将它埋葬，

结果那诗竟写得如此漂亮

你几乎庆幸这只小狗

被碾过，不然你断然

写不出那么漂亮的诗。

然后你坐下来写

一首关于写一首

关于小狗之死的诗，

可正当你写着你

听见一个女人大声叫着

你的名字，你的大名，

两个音节，

你的心顿时一紧。

一分钟后，你又继续写。

她又大叫起来。

你想知道这还要持续多久。

我父亲二十二岁时的照片

十月。在这阴湿、陌生的厨房

我端详着我父亲那窘迫的年轻人的脸庞。

他咧嘴笑得腼腆，一只手提着一串

多刺黄鲈鱼，另一只手握着

嘉士伯啤酒瓶。

他穿着牛仔裤和牛仔衬衫，倚着

一辆一九三四年产的福特车的前挡泥板。

他想要为他的子孙们摆出一副威猛快活的做派，

旧帽子歪歪地戴在耳朵上。

一辈子我父亲都想无所畏惧。

但那双眼睛出卖了他，还有那双手

软弱无力地展示着死鲈鱼

和啤酒瓶。父亲，我爱你，

然而叫我怎么感谢你，同样嗜酒如命的我，

甚至不知道去哪里钓鱼。

哈米德·拉穆茨（1818—1906）

今天早晨，我动手写一首诗，有关哈米德·拉穆茨——

军人，学者，大漠探险家——

他死在自己的手上，饮弹自尽，在八十八岁之时。

我试图将辞典里这位奇人的词条

读给儿子听——我们当时在寻找雷利[①]的资料——

可他没耐心，自然是这样。

那是数月前的事，孩子眼下与他母亲住在一起，

可我记着那名字：拉穆茨——

一首诗开始成形。

[①] 沃尔特·雷利（Walter Raleigh，约 1552—1618），英国政治家、作家、诗人、军人、探险家，更以艺术、文化以及科学研究的保护者闻名。

我坐在案前整一上午，

双手来回移动，掠过无数废纸，

试图回想那奇特的一生。

破产

二十八岁，毛茸茸的肚皮
露在汗衫（豁免财产）外
我侧身躺在
沙发（豁免财产）上
听着妻子悦耳的嗓音（也是豁免财产）
发出古怪的声响。

这些小小的享乐
我们是初尝。
请宽恕我（我祈求法庭）
是我们不顾未来，挥霍放浪。
今天，我的心，就像这扇前门，
数月以来头一回，一直敞开。

蛋糕师

话说潘乔·比利亚 [1] 来到城里，

绞死了市长

并召来年老体弱的

弗伦斯基伯爵共进晚餐。

潘乔介绍了他的新欢女郎，

连同她那围着白围裙的丈夫，

向弗伦斯基显摆他的手枪，

还让伯爵跟他说说

他在墨西哥的不幸流亡。

后来，聊到了女人和马。

两人都是行家。

女郎咯咯娇笑

---

[1] 潘乔·比利亚（Pancho Villa，1878—1923），1910—1917 年墨西哥资产阶级革命农民领袖。

摸弄着潘乔

衬衫上的珍珠纽扣，直到

午夜一过，潘乔睡着，

脑袋枕在桌上。

那丈夫在胸前画了十字，

提着靴子离开了宅子，

连一个示意都没给

他的妻子或弗伦斯基。

那位没有名字的丈夫，光着脚，

受了辱，想要保住他的命，他

是这首诗中的英雄。

爱荷华之夏

报童将我推醒。"我一直梦见你会来。"

我告诉他，从床上起来。陪他来的

是来自大学的一个大个子黑人，似乎

手痒想抓住我。我拖延着时间。

我们脸上淌汗；我们站着等待。

我没拿椅子请他们坐，没有人说一句话。

只是稍后，等他们走后，

我才意识到他们送来信一封。

一封来自我妻子的信。"你在那里

干什么呢？"我的妻子问，"你在喝酒吗？"

我细看那邮戳一连数小时。然后它，也同样，开始褪色。

我希望有一天能忘掉这一切。

酒

织锦幕帘旁那幅油画

是德拉克洛瓦[①] 的作品。这是张长沙发椅，

而不是那种两用沙发；这是长靠椅。

注意那装饰华丽的椅腿。

戴上你的土耳其帽。嗅一嗅你眼睛下

烧焦的软木味。紧一紧你的束身外衣吧。

现在是红腰带和华都巴黎；一九三四年四月。

一辆黑色雪铁龙等在街沿。

华灯初上。

给司机地址，不过告诉他

不用赶，你有一整夜时间。

你到那之后，喝酒，做爱，

---

① 欧仁·德拉克洛瓦（Eugène Delacroix，1798—1863），法国著名画家，浪漫主义画派的典型代表。——编者注

跳跳西米舞，还有比津舞。

等翌日早晨，拉丁区太阳升起

你拥有，并且拥有了整个良宵的

那漂亮女人

此刻想跟你进你家门，

待她要温柔，别做任何

以后会叫你后悔的事。带她一起

坐上雪铁龙回家，让她睡在

一张堂堂正正的床上。让她

爱上你，并且你

也爱上她，而后……是那事：酒，

酒的问题，总是酒——

你真正做过的事

对别人，对那个

你本想一开始就爱上的人。

现在是下午，八月，太阳直晒

福特车蒙灰的前盖，

车停在你在圣何塞家前的车道上。

前座上有个女人

她掩着眼在听

收音机里一首老歌。

你站在门口看。

你听见了那首歌。那是很久以前。

你搜寻它，太阳照着你的脸。

但你想不起来。

你真的想不起来。

致怀有武夫之威猛的塞姆拉

作家挣几个钱？她说

开门见山

在这之前

她不曾遇见过任何作家

不挣几个钱我说

他们还得干点别的活儿

什么活儿？她说

比如去工厂打工我说

扫地教书

摘水果

什么的

各种各样的活儿我说

在我的国家她说

上过大学的人

绝对不会去扫地

嗯那只是他们刚起步的缘故我说

所有作家都挣很多钱

给我写首诗她说

一首情诗

所有的诗都是情诗我说

我听不懂她说

这说不清我说

现在就给我写她说

行啊我说

一方餐巾／一支笔

致塞姆拉我这么写

不是现在傻瓜她说

一边轻咬我的肩膀

我只是想看看

待会儿吗？我说

一边把手放在她的大腿上

待会儿她说

噢塞姆拉塞姆拉

除了巴黎她说

伊斯坦布尔是最迷人的城市

你读过奥马尔·海亚姆[①]吗？她说

读过读过我说

一块面包一瓶酒

奥马尔我倒背

顺背皆如流

卡里尔·纪伯伦呢？她说

谁？我说

纪伯伦她说

不太熟我说

你觉得军队怎么样？她说

你有没有参过军？

没有我说

我觉得军队不怎么样

为什么？她说

[①] 奥马尔·海亚姆（Omar Khayyám），11 世纪波斯诗人、天文学家、数学家。著有诗集《鲁拜集》。

老天啊难道你不觉得男人

都该去当兵?

嗯当然我说

他们都该去

我曾经和一个男人一起生活过她说

一个真正的男子汉

一个陆军上尉

但他被杀死了

噢见鬼我说

一边四处找一柄军刀[①]

醉得像根木头棍儿

妈的他们的目光都避开该死

我刚到这边

茶壶就从桌那边飞过来

不好意思我说

对着那把茶壶

___

① 此处指开香槟用的军刀。用军刀开香槟的传统被认为始于拿破仑战争时期。军刀是当时轻骑部队的首选武器。军队举办宴会庆祝胜仗时,轻骑部队就会用军刀开瓶,技术精湛。

对着塞姆拉我的意思是

见鬼她说

我搞不懂我见了什么鬼

让你勾上我

找工作

我一直想把溪红点鲑
当作早餐。

倏忽间，我发现一条新的小径
通往瀑布潭。

我开始往前赶。
醒醒，

我的妻子说，
你在做梦。

可当我试着爬起，
房子倾斜了。

谁在做梦？

中午了，她说。

我的新鞋摆在门边，

闪着微光。

干杯

咖啡佐伏特加。每天上午
我把标牌挂在门上：

外出午餐

可没人理睬；我的朋友们
瞧一眼那标牌
有时留张小条儿，
要不然他们就直接喊道——出来玩，
雷——蒙德。

有一回我儿子，那小混蛋，
溜进来，给我留了个彩蛋
和一根手杖。

我猜，他喝了几口我的伏特加。

还有，上礼拜我的妻子顺道过来，

带了一罐牛肉汤

和一纸盒眼泪。

她也喝了几口我的伏特加，我猜，

然后急急忙忙坐进一辆怪模怪样的汽车，

和一个我从未见过的男人离开了。

他们不明白；我挺好，

我在这里就挺好，从今往后

我都会挺好，我会的，我会的……

我打算用在世的所有时间，

思考一切，甚至神迹，

同时保持警惕，比从前

更小心，更留神，

提防会冒犯我的人，

提防会偷伏特加的人，

提防会加害我的人。

罗格河喷气快艇之行

黄金海滩，俄勒冈州，1977 年 7 月 4 日

他们保证这将是一趟难忘之旅，

鹿，貂，鱼鹰，还有那地点

发生过米克·史密斯惨案——

一个男人杀了自己的全家人，

烧了他的房子，看它烧成灰——

外加一顿炸鸡晚餐。

我不喝酒了。为此

你戴上了婚戒，驾车

五百英里亲自来察看。

这亮光好晃眼。我深吸一口气，

仿佛过去的那些年

什么都不是，只不过是一次不起眼的夜间运输。

我们坐在快艇的船首

你和导游闲聊。

他问我们打哪儿来，但看到

我们的困惑，他自己也变得

困惑起来，就告诉我们

他有一只玻璃眼珠，我们

不妨猜一猜是哪个。

他的好眼，左边的，是褐色的，

意图明确，不会

漏看任何东西。换成不久前，

我会把它抠出来

就因为它的温热，年轻，和意图，

还因为它老在你的乳房上转溜。

现在，我不再知道什么属于我，什么

不属于我。我不再知道任何事，只知道

我不喝酒了——尽管我仍因喝酒感到虚弱

和不舒服。引擎开始转动。

导游把住船舵。

水浪从四面八方溅起，洒落，

我们往上游驶去。

诗·二

你们不懂爱是什么

（与查尔斯·布考斯基 [1] 共度一夕 [2]）

你们不懂爱是什么布考斯基说

我五十一岁了瞧瞧我

我爱上了这个小娘们儿

我搞得一塌糊涂她也被折腾得够呛

所以没事老弟本来就该这样

我融进了她们的血她们没法把我弄出去

她们尝试了所有招数想要摆脱我

可最终她们个个都会回来

她们个个都会回到我身边除了

---

① 查尔斯·布考斯基（Charles Bukowski，1920—1994），德裔美国诗人，小说家、散文家。布考斯基的写作侧重于描写处于社会边缘的贫困美国人、写作行为、酒、与女人的交往、苦力活和赛马。
② 指 1972 年卡佛在加州大学圣克鲁兹分校任客席讲师时，邀请布考斯基在校园诗歌朗诵会上朗诵。这首诗的创作便是基于布考斯基的此次校园访问。

在我心里生根的那个

我为那个哭过鼻子

可那些日子我老爱哭

别让我沾上烈酒老弟

我的脾气会变坏

我可以坐这儿喝喝啤酒

陪你们这帮嬉皮士混一宿

这啤酒我能喝上十夸脱

一点儿事都不会有就像喝白开水

可要是让我沾上那烈酒

我就会动手把人扔出窗口

无论谁我都会扔出窗口

我干过

可你们不懂爱是什么

你们不懂因为你们从来没

爱过就这么简单

我搞到的这个小娘们瞧瞧她多好看

她叫我布考斯基

布考斯基她细声细气地说

我说什么

可你不懂爱是什么

我来告诉你那是什么

可你没在听

这屋里你们没一个人

会认出爱来哪怕它走上前

捅你屁眼

我从前认为诗歌朗诵是一种逃避

瞧我五十一岁了我是过来人

我知道它们是一种逃避

可我跟自己说布考斯基

挨饿更是一种逃避

所以你看没有什么事是该怎么样就怎么样的

那伙计名叫高尔韦·金内尔^①什么的

我在一本杂志上见过他的照片

他长了张挺帅的脸蛋儿

可他是个教书匠

---

① 高尔韦·金内尔（Galway Kinnell，1927—2014），美国诗人，曾获得美国国家图书奖和普利策诗歌奖。

老天啊你们能想象吗

不过话说回来你们也是教书匠

哈我已经在冒犯各位了

不我从来没有听说过他

也没听说过他

他们全是些白蚁

也许因为自大我不再读什么东西

可那些人

就靠五六本书混名气

白蚁

布考斯基她说

你为什么古典乐从早听到晚

你们难道没听见她这么说吗

布考斯基你为什么古典乐从早听到晚

这叫你们大吃一惊是不是

你们想不到我这种粗俗的蛮汉

也会听古典乐一整天

勃拉姆斯拉赫玛尼诺夫巴托克泰勒曼

妈的我在这里什么也写不出来

这里太安静树又太多

我喜欢城里那儿更对我胃口

每天早晨我放上我的古典乐

在我的打字机前坐下

我点上一支雪茄抽就像这样看见了吗

然后我说布考斯基你是个幸运的家伙

布考斯基你经历了这一切

你是个幸运的家伙

然后蓝雾飘过桌子

然后我透过窗户望向德朗普利大街

然后我看见街上人来人往

然后我吞云吐雾就像这样

然后我把雪茄搁在烟灰缸上就像这样

然后做个深呼吸

然后我开始动笔

布考斯基这就是生活我说

受穷是好的长痔疮是好的

恋爱是好的

可你们不懂那是什么感觉

你们不懂恋爱是什么感觉

要是你们能见见她你们就懂我的意思了

她以为我来这里为的是找人上床

她就是知道

她告诉我她知道

妈的我五十一她二十五

我们在恋爱而她在吃醋

老天这实在美妙

她说倘若我来这里找人上床她会抠出我的眼珠

对你们来说这就是爱

对此你们又有谁懂多少

让我来和你们说一些事

我在监牢里见过一些人

比在大学校园里晃荡和参加诗歌朗诵会的

人更有范儿

他们是些吸血虫想来看看

诗人的袜子脏不脏

还有他胳肢窝下臭不臭

相信我吧我不会叫他们失望

不过我要你们记住这一点

今晚这个房间里只有一个诗人

今晚这座城里只有一个诗人

也许今晚在这个国家只有一个真正的诗人

那就是我

你们有谁懂得生活是什么

你们有谁懂得哪怕一丁点儿什么

你们有谁被炒过鱿鱼

或揍过你的小娘们儿

或挨过你那小娘们儿的揍

我被西尔斯百货炒了五次鱿鱼

他们炒掉我又雇回我

三十五岁那会儿我替他们看仓库

因为偷饼干被开除

我知道那是什么滋味我有过经历

我现在五十一而且在恋爱

这小娘们儿她说

布考斯基

我说什么而她说

我认为你满嘴屁话

然后我说宝贝儿你懂我

男的也罢女的也罢

这世上只有她这个小娘们儿

能对我说这话

可你们不懂爱是什么

到最后她们一个个都会回到我身边

一个个都会回来

除了我跟你们说过的那个

那个在我心里生根的

我们在一起有七个年头

我们从前常常喝很多酒

我看见房间里有几个打字的不过

我没看到任何诗人

这我倒不惊讶

你们得爱过才写得出诗

而你们都不懂恋爱是怎么回事

那是你们的问题

给我来点那玩意儿

不错别加冰很好

很好就这样不错

那就让这好戏开场

我知道我说过什么不过我就只来一杯

味道很好

行啊来吧让我们先对付了它

不过待会儿谁都别站在

打开的窗户旁

诗·三

早晨，想到帝国

我们将嘴唇贴在搪瓷杯沿，

知道这咖啡上漂浮的油脂

终有一日会叫我们的心脏停跳。

眼和手指落在不是银器

的银器上。窗外，波浪

拍打着老城剥落的墙垣。

你的双手从粗糙的桌布上抬起

像要做出预言。你嘴唇颤抖⋯⋯

我想说见鬼去吧未来。

我们的未来深埋在这个下午。

那是一条窄街，有一辆马车和一名车夫，

车夫看我们一眼，犹疑片刻，

然后摇摇头。这时，

我沉着磕开一只漂亮的来亨鸡的蛋。

你双眼迷蒙。你转头越过

重重屋瓦看向大海。就连苍蝇也不动了。

我磕开另一只蛋。

确实，我们已经看轻彼此。

蓝色石头

如果我说石头是蓝色的，那是因为

蓝色是个精准的词，相信我。

——福楼拜

你正在写一幕欢爱，

发生在爱玛·包法利和罗道耳弗·布朗热之间，

然而爱与这无关。

你是在写性渴望，

那是一个人渴望占有另一个人，

他的终极目的是插入。

爱与这无关。

这一幕你写了又写，

写得你自己兴致高涨，

自渎射进一方手帕。

可你仍然没有起身离开书桌，

一连数小时。你继续写那一幕，

关于饥渴，盲目的能量——

性爱的本质——

火热的势头，执意要兑现结果，

如果不加约束

最终是彻底的毁灭。而性爱，

如果它不是不加约束的，又何谓性爱？

那天夜里你走在海岸边，

和你那饶舌朋友埃德蒙·龚古尔。

你告诉他在你写描

情爱场景的这些日子里就能自渎

而不用离开你的书桌。

"爱情与这无关。"你说。

你享受一支雪茄和一片开阔的泽西岛景致。

潮汐正从石卵海滩上退去，

世上没有什么可以阻挡。

你捡起并在月光下细看的

那些光润的石头

是大海将它们变成蓝色。次日早晨你将它们

从裤兜摸出时，它们依旧是蓝色的。

——献给我的妻子

特拉维夫 [①] 和《密西西比河上》 [②]

今天下午，密西西比河——

在烈日下，高涨，浊浪奔腾，

或在星光下，低落，涟漪微泛，

水面露出致命的树桩，捕猎

蒸汽船——

今天下午的密西西比河

从未显得如此遥远。

种植园在黑暗中退去；

琼斯庄园的码头

自松树间，突然冒出来，

---

① 以色列第二大城市。1968 年，卡佛的妻子获得特拉维夫大学为期一年的奖学金，卡佛一家于 6 月迁居以色列，但 10 月就搬回了加州。
②《密西西比河上》（*Life on the Mississippi*）是美国作家马克·吐温的作品。

这儿是十二英里航标点，格雷家的

监工头从浓雾中伸手接过

来自新奥尔良的

一包信件、纪念物之类的东西。

比克斯比，你喜欢的那领航员，

老是气得冒烟冒火：

妈的，小子！他一次次冲你大叫大嚷。

维克斯堡，孟菲斯，圣路易，辛辛那提，

桨叶闪现又翻转，翻转

去上游，一江黑流

汩汩作响。

马克·吐温你眼观六路耳听八方，

你把这一切记下等以后叙写，

所有这一切，

包括你的笔名的由来，

四分之一吐温，马克吐温 [1]，

每个小学童都知道这一点，

除了一个。

我将腿撂在栏外，

身体往后投入阴凉处，

握着这本书，好像握着舵，

淌着汗，消耗着我的人生，

而此刻，有几个孩童开始争吵，

接着凶狠地相互厮打

就在下面的场地上。

---

[1] 此处原文为"quarter twain, mark twain"，这是密西西比河上水手们的常用语，指测水深，mark twain 为 12 英尺，是蒸汽船航行的安全水深。

送往马其顿的消息 [①]

在如今被他们叫作

　　　印度河的岸边

我们发现一种

豆子

　　　酷似埃及豆

　　　另外

据说有人目睹鳄鱼

河的上游 & [②] 山坡覆满

　　　没药草 & 常春藤

　　　他相信

我们找到了尼罗河的

源头

　　　　我们奉上

祭品

举行比赛

　　　　欢庆胜利

四处喜气洋洋 &

　　　　　众人认为

　　　　我们当班师回朝

他们的使节供奉的

那些大象

　　　　　是庞大

可怕的野兽然而

　　　　　昨日他咧嘴一笑

拾级沿梯登上

　　　　　　一头大兽的

　　　　背峰

众人

　　　　　　为他欢呼 & 他

挥一挥手 & 他们再度为他

欢呼

他指向对岸

    & 众人变得沉默

筑建的人们

在水边

    忙着建造巨筏

      次日

我们又将面向

    东方

今夜

     风   雁

满天

    它们的喙叮当叮当

如铁器捶打铁器

风

    徐缓带着

    茉莉的馨香

是我们背后的疆野飘来的余芳

风徐徐

掠过营地

撩起

伙友骑兵 [1] 的军帐

　　抚摸每一个

熟睡的士兵

呦！呦！

　　他们在梦中

欢呼 & 战马

　　竖耳 & 挺立

抖擞

再过几个钟头

他们会随太阳

　　一同醒来

会追着风

　　行至更远

---

① 伙友骑兵（Hetairoi），又被称为马其顿禁卫骑兵，是马其顿军队中的精锐骑兵。

雅法的清真寺

我从宣礼塔的楼台探出身。

我感觉脑袋昏眩。

几步开外那有心骗我的家伙

开始一一指给我看

主要景点——

集市教堂牢房妓院。

被杀掉了，他说。

他的话语散落在风中不过

他用手指划过脖颈

那样我就会明白。

他咧嘴一笑。

关键字眼飞来——

土耳其人希腊人阿拉伯人犹太人

买卖崇拜爱谋杀

一个漂亮女人。

对这蠢事他又咧嘴一笑。

他知道我正看着他。

他照样自信地吹着口哨

当我们走下楼梯

往下走时彼此擦碰

呼吸和身体混合在狭窄

盘旋的黑暗里。

塔楼下，他的朋友们正等在

一辆开来的车旁。我们都点起烟

考虑下一步怎么走。

当我们钻进汽车，

时间，如他乌眸里的亮光，

即将耗尽。

离这儿不远

离这儿不远有人
喊着我的名字。
我跳到地上。

然而，这可能是个圈套。
小心，小心。
我在被窝里摸索我的刀。

可尽管我因为一时摸索不到
而诅咒上帝，门已被打开，
进来个长发小淘气，

抱着一条狗。
怎么了，孩子？（我俩

都在哆嗦。）你想干吗?

可她张开的嘴中

舌头颤颤抖动,

嗓子眼里只发出一个单音。

我挪近,跪地

耳朵贴上那小小的双唇。

待我站起身——那条狗咧了咧嘴。

听着,我没空玩游戏。

拿去,我说,拿去——我用一只李子

打发了她。

阵雨

雨簌簌拍打石头，老头和老太太们
赶驴避雨。
我们站在雨里，比驴更蠢，
喊叫，顶着雨走来走去，互相指责。

骤雨停歇，在廊檐下默默躲雨、抽烟的
老头和老太太们
又牵起他们的驴往山上赶。

后面，总是跟在后面，我走过窄街。
我翻翻白眼。我把石头踩得啪嗒啪嗒响。

巴尔扎克

我想到戴着睡帽的巴尔扎克

在伏案三十个钟头后，

脸上冒着热气，

他搔着痒，徘徊

在敞开的窗旁，

睡袍紧贴着

他毛茸茸的大腿。

外面，林荫大道上，

债主们肥白的手

捋着八字胡和领结，

年轻的小姐们梦到夏多布里昂 [①]，

挽着年轻的男士散步，

[①] 夏多布里昂（François-René de Chateaubriand, 1768—1848），法国早期浪漫主义的代表作家，外交家，法兰西学院院士。

空马车从身边咔嗒咔嗒驶过，闻得见

车轴油和皮革香。

像一匹壮硕的挽马，巴尔扎克

打着哈欠，喷着响鼻，跌跌撞撞

闯进厕所间

并且，哗地撩开他的睡袍，

瞄准十九世纪初的

便壶

滋进一柱强劲的尿。蕾丝窗帘捕捉到了

那阵微风。等等！睡前

最后再写一幕。

当他回到书桌前——笔，

墨水瓶，散乱的纸张——

他的头脑滚烫。

乡间纪事

女孩推自行车穿过高高的草丛，

穿过翻倒的庭院桌椅，水

没至她的脚踝。没了柄的茶杯

漂在浑浊的水上，茶碟的瓷里

有细细的裂痕。

楼上的窗口，锦缎帘幕后，

管家的浅蓝眼睛在跟随。

他试着呼喊。

黄笺纸碎片

飘舞在寒冷的空中，但女孩

没有回头。

厨师不在，没人听见。

之后两只拳头落在窗沿上。

他凑近去听那些低声

细语，破碎的故事，辩解。

这个房间

比方说这个房间：

那是一辆空荡荡的马车

等在下面吗？

承诺，承诺，

什么都别告诉他们

为了我。

我记得太阳伞，

海边一条大道，

然而这些花……

难道我要永远跟在后面——

倾听，抽烟，

草草记下又一件遥远的事?

我点上一支烟

调整百叶窗帘。

街上响起一阵喧哗

越来越轻，越来越轻。

罗德岛 [1]

*

我叫不出花的名字

也辨不出这树那树，

不管怎样我坐在广场

一团帕皮索斯特罗斯 [2] 的烟雾下

啜着黑拉斯啤酒。

附近不远耸立着一尊太阳神像，

等待着另一位艺术家，

另一场地震。

可我没有野心。

---

[1] 罗德岛（Rhodes）是希腊第四大岛以及希腊十二群岛的首府，也是爱琴地区文明的起源地之一。

[2] 帕皮索斯特罗斯（Papisostros）和下一句诗里的黑拉斯（Hellas），分别为希腊的香烟和啤酒品牌。

我愿意待在这里，千真万确，

虽说我想

同山上环绕着

医护骑士城堡的城市之鹿闲逛。

它们是美丽的鹿，

白色群蝶袭来，

它们细俏的腰臀翩然一颤。

*

高峻的城垛上，一高大挺直的男性身影

定定地朝土耳其观望。

一场暖雨开始落下。

一只孔雀抖掉尾巴上的水珠

前去躲雨。

穆斯林墓地里一只猫睡在

两块石头的夹缝里。

正好可以去赌场

瞧一眼，只是

我没穿正装。

回到船上，准备上床，

我躺下并想起

我曾到过罗德岛。

不过还有些别的什么事——

我又一次听到

赌台管理员的声音喊叫

三十二，三十二

我的身体飞掠水面，

而此刻我的灵魂，蓄势待发，像一只猫

一跃而起——

接着跳入睡眠。

公元前四百八十年春

震怒于他所谓的

　　赫勒斯滂海峡的倨傲无礼

　　竟敢招来一场风暴

　　致使他那两百万大军

　　前路阻断，

　　　　希罗多德①记叙道

　　薛西斯②下令

　　　　对桀骜难驯的海峡

　鞭笞三百此外

　再往海里扔下脚镣一副，并以灼烫的铁烙印。

你可以想象

---

① 希罗多德（Herodotus，约公元前484—前425），古希腊历史学家。
② 薛西斯一世（Xerxes I，公元前519—前465），是波斯帝国国王（前485—前465在位）。此诗所写的是萨拉米斯海战，是第二次希波战争中的一场海战。

这消息传到雅典城

　　　　会怎样；我是说

波斯人正在征途上。

诗·四

在克拉马斯河边

我们站在燃烧的油桶边

烤暖自己，我们的手

和脸，笼罩在舐人而纯粹的热里。

我们将冒热气的咖啡杯

举到唇边，双手捧着

喝着。然而我们是钓

鲑鱼的人。而现在我们的双脚重重地踩在

雪地和岩石上，向上游走去，

缓慢，满怀爱，走向静默的水潭。

秋天

满院子房东的旧车

不碍事。房东

这个人，也不碍事。他弯着腰

整日伏在一台型砧上，

要不然就裹在

弧焊机的蓝焰里。

　　不过，他会留意到我，

总是停下手中活咧嘴一笑，

隔窗冲我点点头。他甚至

还为把他的伐木工具

堆在我的客厅而道歉。

　　但我们仍旧是朋友。

白日渐短，而我们

一起向春天走去，

向着高涨的河水，黄麻鲈

和洄游的割喉鳟。

冬日失眠

头脑难寐，只能躺着，醒着，

暴饮暴食，听那雪聚拢，

像要发动最后的猛攻。

但愿契诃夫在此，开点

什么——三滴缬草，一杯

玫瑰露——什么东西都行，没关系。

头脑想要离开这儿

去雪里。它想要飞奔，

同一群皮毛蓬乱，满口獠牙的野兽一起。

在月色下，穿越雪地，不留

足印和踪迹，什么都不留下。

头脑今夜生病了。

普罗瑟

冬天，普罗瑟镇外的山坡上

有两类田野：茵绿新麦地，掉落的麦粒

一夜之间从犁过的地里拔高，

等待，

再次拔高，发芽。

大雁爱吃这绿色的麦苗。

我有次也吃了点儿，尝一下味道。

再就是麦茬地，绵延至河边。

那是失去一切的田野。

夜间，它们努力回溯自己的青春岁月，

可随着生命沉入幽暗的犁沟，

它们的呼吸迟慢，时续时断。

大雁也爱吃掉落的碎麦。

为此不惜送命。

然而一切都被忘却，几乎一切，

而且宜早不宜迟，求求你，上苍——

父亲，朋友，他们走进

你的生命，又离开，有几个女人滞留

一阵子，接着也走掉，而田野

背转身，消失在雨里。

一切皆会消失，除了普罗瑟。

那些夜晚，驾车穿越绵延数英里的麦地——

车头灯犁过那弯道上的田野——

当我们翻过山坡，普罗瑟，那小镇，在眼前亮了起来，

车暖嗡嗡，疲惫不堪，

我们手指上还闻得到残留的火药：

我几乎看不清他，我的父亲，眯着眼睛

隔着前车座的挡风玻璃远眺，念道，普罗瑟。

鲑鱼夜行

鲑鱼夜行，

从河溪潜到镇上。

它们避开那些

名叫福斯特冰屋、艾德熊快餐、微笑食铺①的地方，

游到赖特大街上那片住宅区，

在那里，时常

在拂晓时分，

你会听到它们想要拧动门把手

或往有线电视的电缆上撞。

我们熬夜等待它们。

我们开着后窗户，

---

① 福斯特冰屋（Foster's Freeze）、艾德熊快餐（A&W）、微笑食铺（Smiley's）都是美国常见的饮食店。

一听见溅水声便大声呼叫。

早晨令人失望。

携伸缩鱼竿在考渭齐溪

在这里，我的自信一滴一滴流失。　我方向

全无。　灰夫人[①]

浮在涌动的水面。　我的心绪

躁动，如河溪对岸

林间空地上的披肩榛鸡。

忽然，似乎应了什么信号，那些鸟

静静飞回松林。

---

① 灰夫人（Gray Lady）是一种鱼饵的名称。

给女病理学家普拉特医生的诗

*

昨天夜里我梦见一位牧师朝我走来，

双手捧着白骨，

白骨在他的白手里。

他很温和，

不像生着蹼指的麦考米克神父。

我没被吓到。

*

今天下午，女仆来了，带着拖把

和杀菌剂。她们装作

我不在的样子，一边聊着月经期一边

把我的床这样那样乱推。离去前，

她们相互拥抱。慢慢地，房间里

堆满树叶。我感到害怕。

*

窗户大敞。阳光。
房间那头一张床吱嘎，吱嘎
承受着做爱的重量。
男人清了清喉咙。外面，
我听见洒水器的声音。我开始排泄。
有张绿色书桌漂浮在窗边。

*

我的心脏正躺在桌子上，是对钟情的
一种戏仿，而她的纤指翻拣着
那根没完没了的肠子。
撇开这些不谈，
在远东游历的那些年之后，
我爱上了这双手，可是
我感到难以想象的寒冷。

卫斯·哈丁 [①]：有感于一帧照片

翻阅一组

  旧影集时

我看见那匪徒的一帧照片，

  卫斯·哈丁，死了。

他是个高大的人，留着小胡子，

  身上一件黑色西服，

仰面躺在得克萨斯州阿马里洛市

  某处的木地板上。

他的脑袋被扳过来冲着相机镜头

  他的脸上

像有瘀伤，头发

  蓬乱。

---

① 约翰·卫斯理·哈丁（John Wesley Hardin，1853—1895），美国老西部的传奇人物，知名匪徒。

一颗子弹由后脑勺

　　　　射入他的颅骨，

从右眼角穿出，

　　　　留下一个小窟窿。

这事本没什么有趣，

　　　　不过几尺开外

站着三个衣着破烂的男人，

　　　　穿了工装裤，咧着嘴笑。

他们都抱着来复枪，

　　　　而靠边站的那一个

扣了一顶帽子

　　　　帽子的主人准是那匪徒。

几颗子弹

　　　　四处散落

在死者穿着的

　　　　华贵白衬衫底下

——不妨这样说——

　　　　但叫我看愣的

是这一黑而大的弹孔，

　　　穿透那修长而俊美的

　　　　　右手。

婚姻

木屋里我们吃着酥炸牡蛎和薯条

外加柠檬饼干当作甜点，此刻吉娣和列文[①] 的婚礼

正在公共电视台上演。

山上拖车房里住着的那个男人，我们的邻居，

刚刚又一次从牢房里出来。

今天早上他和他老婆一起，把一辆黄色的大车

开进院子，收音机震天响。

他停车时，他老婆关掉收音机，

他们一起慢慢走向他们的拖车房，

彼此沉默不语。

那是一大早，鸟儿才出巢。

之后，他撑开门，

拿一把椅子顶住它，放进春天的气息和阳光。

---

① 列夫·托尔斯泰的长篇小说《安娜·卡列尼娜》中的两个人物。

那是礼拜天复活节的晚上，

吉娣和列文总算结了婚。

那段姻缘，

以及它触及的所有人的生活，

足以叫人流泪。我们继续

吃牡蛎，看电视，

评论几句剧中人

那华美的服饰和令人惊叹的优雅，

他们中的有些人精神实在紧张

因为偷情的压力，

与爱人的分离，以及他们必定知道的

下一次——接着再下一次——情节的残酷转变之后

等待他们的毁灭。

一只狗叫了起来。我起身去查门。

帘外是不少拖车房，还有一片泥泞的

停着一些车的停车场。我看着月亮西下，

全副武装，追寻着

我的孩子们。我的邻居，

此刻酩酊大醉，启动了他那辆大车，猛踩

油门，又一头往外冲，信心

十足。收音机大声放着，

盖掉了什么声音。等他走掉，

那里只剩一摊摊积着银色水的小坑洼

颤抖着，也弄不懂它们为何在这里。

另一种生活

现在来说说另一种生活。

不犯错的那一种。

——洛尔·利普提兹

我妻子在这临时房的另一半
写诉状告我。
我能听见她的笔嚓嚓，嚓嚓。
她时不时停下笔哭泣，
接着——嚓嚓，嚓嚓。

地上的冰霜正在融化，
这套临时房的房主跟我说，
别把你的车停这儿。
我妻子继续写着哭着，
哭着写着，在我们的新厨房。

患癌症的邮差

每日待在家里，

邮差从来不见笑容；他容易

疲累，体重下降，

就这样；他们会替他保留这份差事——

再说了，他需要休息一下。

他不要听人讨论这件事。

当他走过空荡荡的屋子，他

会想一些乱七八糟的事儿，

比如汤米·多尔西和吉米·多尔西①，

和富兰克林·D. 罗斯福在大古力水坝

握了手，

---

① 汤米·多尔西（Tommy Dorsey，1905 — 1956）和吉米·多尔西（Jimmy Dorsey，1904 — 1957）兄弟，皆为美国著名的爵士乐手。

哪些新年夜聚会他最享受；

事情多得够写满一本书喽，

他告诉他的妻子，她

也想着些乱七八糟的事儿，

可照常继续上着班。

然而有时在夜里，

邮差梦见他从床上起来

穿戴整齐，走

出门，快乐得直发抖……

他恨那些梦

因为醒来时

什么都没有留下；就好像

他哪儿都不曾去，什么也不曾做；

只有这间屋子，

没有太阳的清晨，

门把手慢慢转动

的声响。

给海明威和 W.C. 威廉斯 ① 的诗

三尾肥鳟

　　　　浮在

那新架的

　　　　铁桥底下的

一潭静水里。

　　　　两位朋友

顺着小道

　　　　慢慢地走来。

其中一个，

　　　　前重量级拳击手，

戴了顶旧

　　　　狩猎帽。

---

① 威廉·卡洛斯·威廉斯 (William Carlos Williams, 1883—1963)，美国诗人、小说家、医生，对美国现代诗影响最大的诗人之一。

他要开杀戒，

　　　　也就是把这些鱼，

捕来吃。

　　　　另一个，

是医生，

　　　　他明白那件事的

几率。

　　　　他认为那样挺好

它们就该

　　　　漫游在那里

一直

　　　　在清澈的水里。

两个人没有停留

　　　　但他们

一边聊着这个话题一边

　　　　消失在

河流上游

　　　　渐渐失色的树林

和原野和天光中。

折磨

——写给斯蒂芬·多宾斯 [1]

你又一次栽进爱情。这回

是一位南美将军的千金。

你想再次被绑在拷问台上。

你想听听别人说给你的难听话

并承认这些事情一点不假。

你想让那些不堪言说的行为

作践你自己，那些事

正派人不会在课堂上讨论。

你想讲讲你知道的一切，

关于西蒙·玻利瓦尔，关于豪尔赫·路易斯·博尔赫斯，

尤其是关于你自己。

你想把每个人都扯进来！

即便此刻是凌晨四点钟

---

[1] 斯蒂芬·多宾斯（Stephen Dobyns，1941—　），美国诗人、小说家。

而灯仍亮着——

那几盏灯日日夜夜一直亮着

在你眼睛和脑子里亮了有两个礼拜——

你渴望来一口烟和一杯柠檬水，

可她就是不肯关灯，那个绿眼睛

有着这样那样的小动作的女人，

哪怕这样你仍想当她的高乔牛仔。

同我跳舞吧，在你伸手去够空了的水杯时

你幻想听到她这么说。

同我跳舞吧，她又说，没有听错。

她挑了这个时刻来问你，老兄，

要你站起来，同她跳舞，赤身裸体。

不，你比一片落叶还虚弱，

比的的喀喀湖 ① 里被水浪

打蔫了的芦苇小提篮还虚弱。

不过你还是跳下床

朋友，你跳着舞

穿过广阔的空地。

---

① 的的喀喀湖 (Lake Titicaca)，南美洲最大的淡水湖。

浮标

冬季的月份里，

在离华盛顿州万蒂奇镇不远的哥伦比亚河上，

我们钓过白鲑；我爸，瑞典佬——

林格伦先生——还有我。他们使用腹卷轮，

铅笔长的沉子，红色、黄色或褐色的

钩了蛆虫的飞蝇鱼饵。

他们想要隔得开一点，一直走到了

浅滩边。

我在河岸边垂钓，用一只羽毛浮标和一根竹竿。

我爸把蛆虫鱼饵含在下嘴唇后

让它们鲜活又温暖。林格伦先生不沾酒。

有一阵子，比起我爸，我更喜欢他。

他让我握住他的汽车方向盘，还取笑我

名字里的"小"①字，他说

有朝一日我会长成一个男子汉，会想起

这一切，并且带我自己的儿子去钓鱼。

不过我爸是对的。我是说

他不声不响，只管盯着河水，

舌头在鱼饵后轻舔，仿佛在想些什么。

---

① 卡佛的全名为小雷蒙德·克利维·卡佛（Raymond Clevie Carver, Jr.）。——
编者注

从奇科出去的东 99 号高速公路上

绿头鸭下来

过夜。睡梦中它们咕咕叫着

梦见墨西哥

和洪都拉斯。水田芥

在灌溉渠里点着头

而蔍草向前弯着，因落了

乌鸫而显得沉甸甸的。

稻田在月光下荡漾。

即便那被打湿的枫叶都贴着

我的挡风玻璃。我跟你说玛丽安，

我好快乐。

美洲狮

——献给约翰·海恩斯和基斯·威尔逊 [1]

我曾在一处无人烟的壑谷追踪过一头美洲狮，

在哥伦比亚河谷靠近名为克里基塔特的镇子

与河流边。我们装备好了去打松鸡。十月，

灰色的天空伸展至俄勒冈，乃至更远，

一直到加利福尼亚。那时我们谁都没去过那儿，

加利福尼亚，不过我们听说过那地方——那里有

一种餐馆

可以让你添满你的餐盘，想添多少次都可以。

那一天我追踪了一头美洲狮，

倘若追踪是一个恰当的词，一路踢踢踏踏，脚步刮擦

着地面

---

① 约翰·海恩斯 (John Haines，1924—2011) 和基斯·威尔逊 (Keith Wilson，1927—2009) 皆为美国诗人。

走在美洲狮的上风头，还抽了不少烟，

一支接一支，充其量只是

一个紧张冒汗的胖小孩，不过那一天

我追踪了一头美洲狮……

后来我在客厅里醉得七倒八歪，

我搜肠刮肚想用文字把这事写出来，

我的记忆模糊而散乱，在你俩把你们的故事，

黑熊的故事，显摆出来之后。

突然间，我回到了那壑谷，在恍惚的状态里。

多年来我一直没去想的一些事：

那一天我怎么追踪一头美洲狮。

所以我讲了这事。反正试着讲了，

海恩斯和我都醉得厉害。威尔逊听着，听着，

接着说，你肯定那不是一只野山猫？

我暗地里认为这话是在损我，这个来自西南部的伙计，

是那晚朗读的诗人，

一个傻瓜都能分辨野山猫和美洲狮的不同，

即便是一个像我一样醉醺醺的作家，

多年之后，在放开肚子随你吃的餐馆里，在加利福尼亚。

见鬼。后来那头美洲狮步子稳健地走出树丛

刚好在我正前方——上帝啊，它是何其高大何其俊美——

跃上一方岩石，回过头

看着我。看着我！我也看着它，忘了放枪。

之后它又一跃，利落地跑出我的生命。

水流

这些鱼没有眼睛

这些在梦里朝我游来的银色小鱼，

在我脑海的口袋里

播撒它们的卵和精液。

不过游来的鱼中有一条——

体大，带疤，和其他的鱼一样沉默，

只是顶着水流，

它闭上深色的鱼嘴顶着

水流，嘴巴一张一合，

顶着水流。

猎手

在这荒凉之地的最高处，我睡意迷糊，

身边尽是鹧鸪，

我蜷缩在一堆石头背后，梦见

我搂着我的保姆。

离我的脸几寸开外，

她沉静而年轻的眼睛从两朵残留的野花背后

盯着我。那双眼中有一个疑问

我答不上来。这种事谁能断断？

可冬衣之下的深处，

我的血液涌动。

突然，她的手警觉地举起——

大雁从河心岛一只只列阵离开，

高飞，飞上这峡谷。

我滑动保险栓。身体来了劲头，俯身准备行动。

相信手指。

相信神经。

相信这个。

十一月一个礼拜六上午想睡个懒觉

客厅里，沃尔特·克朗凯特[①]
在为我们讲解登月。
我们正趋近
第三阶段，也就是最终阶段，这
是最后一次演习。
我定下心来，
往被窝深处钻去。

我儿子正戴着他的太空头盔。
我看他走在密不透风的长廊上，
他的负重靴拖沓。

我自己的脚变冷了。

---

① 沃尔特·克朗凯特（Walter Cronkite，1916—2009），美国新闻主播、记者。

我梦见黄蜂和差点儿

冻伤，白鲑渔夫

在萨图斯溪

要面对的两大风险。

然而封冻的芦苇丛中

有东西在蠕动，

那东西侧着身体，

水正慢慢往里灌。

我翻个身仰面朝天。

立刻整个浮上来，

似乎这样就不可能淹死。

露易丝

隔壁的拖车屋里，

一个女人数落一个名叫露易丝的小孩。

难道我没告诉你，傻瓜，要把门关上？

天啊，这是大冬天！

你是不是想付电费账单？

擦干净你的脚，看在上帝的分上！

露易丝，我该拿你怎么办？

唉，我该拿你怎么办，露易丝？

女人就这样从早唱到晚。

今天女人和小孩出来

晾晒洗好的衣服。

跟这人问个好，女人

对露易丝说。露易丝！

这是露易丝，女人说，

然后猛推了一把露易丝。

舌头叫猫叼走啦，女人说。

可露易丝嘴里含着衣夹子，

怀中抱着湿衣。她把晾衣绳

往下拉，伸出脖子

压住它。

她将衬衫

抛上晾衣绳，然后放开——

衬衫鼓鼓地胀起来，在她头顶

来回拍打。她弯下腰

往后一跳——跳开

这几近人形模样的东西。

为高空杂技演员卡尔·瓦伦达[1] 而作

你小的时候，风尾随你

走遍马格德堡。在维也纳风找寻你

从一座庭院到另一座庭院。

它掀翻喷泉，它让你毛发直立。

在布拉格，风陪伴着一对正经小夫妻来了

他们刚开始生儿育女，但你让他们，

那些穿着白色长裙的淑女，

那些蓄髭的高领绅士，

屏住呼吸。

当你向海尔·塞拉西皇帝[2] 鞠躬时

风就在你的袖口等候。

---

① 卡尔·瓦伦达（Karl Wallenda，1905—1978），美国钢索表演艺术家，因没有用保险绳而在一次表演中坠亡。——编者注

② 即海尔·塞拉西一世（Haile Selassie I，1892—1975），埃塞俄比亚帝国末代皇帝。

当你与比利时人的民主国王握手时

它也在你的左右。

风吹着芒果和垃圾袋在内罗毕的大街上一路翻滚。

你看见风穿越塞伦盖蒂平原追逐斑马。

你一跨出佛罗里达州萨拉索塔郊外住宅的廊檐时，

风就上来迎你。在交叉路口的每个小镇，在每一个马戏团站点，

风穿过树丛不声不响。

终其一生，你都在谈论它，

它如何凭空而来，

它如何在酒店房间的阳台下

撩拨绣球花那鼓鼓的面颊，而你

抽着粗粗的哈瓦那雪茄，望着

烟雾袅袅南去，总是往南，

往波多黎各，往热带地区。

那天早上，七十四岁，十层楼高处，

在两座酒店之间，开春第一天的

一场宣传表演，那处处

追随你的风

从加勒比吹来，似年轻的情人般

不管不顾地扑进你双臂！

你毛发直立。

你想蹲下，去抓钢绳。

后来，人们来清理现场

并解下那钢绳。他们解下那钢绳——

你在那上面度过了一生。想象一下：钢绳。

德舒特河

这天空，比方说：

沉闷，灰暗，

不过雪停了，

这还不错。我

太冷了以至于

手指都弯不了。

今天早上走来河边，

我们惊动了一头獾，

它正撕扯一只野兔。

獾有一只血淋林的鼻，

从尖嘴到利眼全沾着血：

勇猛与仁善

不要混为一谈。

后来，八只绿头鸭飞过

一眼也没往下看。在河上

弗兰克·桑德梅耶①在拖钓，拖钓

硬头鳟。他在这条河

垂钓多年

但二月是最好的月份，

他说。

一团乱麻，又没手套，

我理着纠结的尼龙线。

远处——

另一个男人正在抚养我的小孩，

与我的妻子同床共眠与我的妻子同床共眠。

---

① 弗兰克·桑德梅耶（Frank Sandmeyer），卡佛父亲的朋友。

永远

随一团烟雾飘到外面，
我循着一只蜗牛爬过的浅亮痕迹来到
院子里走到院落的石墙下。
总算一个人了我蹲下，看

需要做点什么，突然
我将自己贴在潮湿的石头上。
我开始慢慢地朝自己周围看去
并倾听，使用

我的整个身体就像那只蜗牛
使用它的身体，放松，但警觉。
无比奇妙！今夜是我生命中的
一块里程碑。过了今夜

我还怎能回到那

另一种生活？我凝望

星辰，挥动触角

朝它们致意。我就这样待着

有几个钟头，只是休息。

可后来，悲哀开始在我心脏周围

一小点一小点地凝聚起来。

我想起我父亲已经死了，

而我即将离开

这座小镇。永远。

再见，儿子，我父亲说。

凌晨时分，我爬了下来

缓步走回屋里。

他们仍在等待，

当他们第一次与我全新的眼神相对，

惊恐猛地泛上他们的脸。

短篇小说

远

她在米兰过圣诞，想知道她儿时的情形。他难得见她，但每次她都这样要求。

告诉我，她说。告诉我那时是怎样的。她小口抿着利口酒，等着，眼睛紧盯着他。

她是个时髦、窈窕且迷人的女孩，挺过了许多困难的事。

那是很久以前了。是在二十年前了，他说。他们此刻正在他位于法布罗尼街的公寓里，离卡西纳花园不远。

你能记起来的，她说。往下说，告诉我。

你想听什么呢？他问。我能告诉你什么呢？我可以告诉你在你还是婴儿时发生的事。这和你有关，他说。不过关系也不大。

告诉我吧，她说。但先给我们再倒上一杯酒，这样你就不用说到一半停下来了。

他端着酒从厨房走回来，在椅子上坐舒坦了，开始讲了起来。

那时他们自己都还是孩子，但他们彼此爱得发疯，他们结婚时，男孩十八岁，他女友十七岁。之后没过多久，他们就有了个女儿。

他们的小宝贝是十一月末来到世上的，当时正好寒流来袭，刚巧赶上那一带的水禽高峰季节。男孩热衷于打猎，你瞧，这是故事的一部分。

男孩和女孩，现在是丈夫和妻子、父亲和母亲了，他们住在一处三居室公寓里，楼上是家牙医诊所。他们每天晚上打扫楼上的诊所，以此换取租金和水电费。夏天他们要打理草坪和花，冬天男孩要铲除人行道上的积雪，在路面上撒岩盐粒。这两个孩子，就像我说的，彼此非常相爱。除此之外，他们还抱着大志向，有着大梦想。他们不停地聊着要做的事情、要去的地方。

他从椅子上站起来，朝窗外看了看，他的目光越过瓦片屋顶，看雪花在薄暮时分的微明天光中不紧不慢地落下。

说说这事吧，她道。

男孩和女孩睡在卧室，小婴儿则睡在客厅的摇篮里。你看，那时小婴儿才三个礼拜大，刚能睡过一整夜。

在一个礼拜六夜里，男孩干完楼上的活儿，走进了牙医的私人办公室，他把脚跷在办公桌上，打电话给卡尔·萨瑟兰德，他父亲的渔猎老友。

卡尔，那头的男人接起听筒时，他说。我当父亲了。我们有了个宝贝女孩。

祝贺你，孩子，卡尔说。你的妻子怎么样？

她挺好，卡尔。小宝宝也挺好，男孩说。大家都挺好。

那就好，卡尔说。我听了挺高兴。对了，向你妻子转达我的问候。如果你打电话来是为了去打猎，那我得告诉你些事。野雁飞来了，多得不得了。我打猎这么多年，还从没见过这么多。我今天打了五只，早上俩，下午仨。我明天早上再去，你想的话，就一起去。

我想去，男孩说。我打电话就为这个。

那你五点半准时来这里，我们一起去，卡尔说。多带些子弹。我们好好干一把，明早见。

男孩挺喜欢卡尔·萨瑟兰德。他是男孩已故父亲的朋友。父亲死后，也许是想填补他们共同的失落，男孩和萨瑟兰德开始一起出门打猎。萨瑟兰德是个秃顶的大块头，一个人过日子，沉默寡言。男孩和他在一起，偶尔会感到不自在，他不知道自己是不是说错了话或做错了事，因为他不习惯和一个长时间一言不发的人相处。一旦开口，这老头却常常固执己见，而男孩又常常不赞同他的见解。但这老头是条硬汉，又熟悉丛林生活，叫男孩又喜欢又羡慕。

男孩挂了电话下楼去，告诉女孩明早打猎的事。他摆开他的那些用具，她就在一旁看着。打猎装，子弹袋，靴子，袜子，猎手帽，长款内衣裤，猎枪。

你几点能回家呢？女孩问。

大概中午吧，他说，但也可能要到下午五六点以后。会不会太晚？

没事，她说。我们没事。你去吧，好好玩玩。你应该放松下。也许明天傍晚，我们把凯瑟琳打扮好，去看看萨莉。

没问题，这主意不错，他说。那我们计划一下吧。

萨莉是女孩的姐姐，大她十岁。男孩有那么点爱她，就像他也有那么点爱女孩的另一个姐妹贝琪。他跟女孩说过，要是我们没结婚，我会去追萨莉。

那贝琪呢？女孩说。我不想承认这点，可我确实认为她比萨莉和我都更好看。你觉得她怎么样？

贝琪我也会追，男孩说着哈哈笑了。不过和我去追萨莉不一样。萨莉身上有种什么东西叫你着迷。不，比起贝琪，我更喜欢萨莉，要是非让我选的话。

可你真正爱的又是谁呢？女孩问。这世界上你最爱的是谁呢？谁是你的妻子呢？

你是我的妻子，男孩说。

我们会一直相爱吗？女孩问，她非常热衷于这种谈话，男孩看得出来。

会一直相爱，男孩说。而且我们会一直在一起。我们就像加拿大雁，他说，这是他想到的第一个比喻，因为那些日子里，它们总在他脑海中盘旋。加拿大雁十分忠贞。它们年轻时选定配偶，之后就一辈子相守。如果其中一只死了或怎么了，另一只永远不会再寻找其他配偶。它会在某个地方独自生活，或继续跟随雁群，但在其他大雁里也一直形单影只地活着。

真叫人伤心，女孩说。我觉得，孤独地在大雁群里活着更伤心，还不如去哪个地方独自生活。

是挺伤心，男孩说。可那是天性。

你有没有杀死过一对大雁中的一只呢？她问。你懂我的意思。

他点点头。他说，有过两三次，我打下一只大雁，一两分钟后，就会见到另一只离开雁群飞回来，绕着倒地的那只盘旋着飞啊飞，朝它叫唤。

你也会杀死另一只吗？她担忧地问。

能打就打了，他回答道。有时我会打不中。

这事不叫你难受吗？她问。

从来没有，他说。打猎的时候你是不能想这些的。你要知道，关于大雁的一切我样样都喜欢。哪怕我不打猎，光是望着它们也叫我喜欢。可生活里有太多矛盾了。你没法惦记着这些矛盾。

吃了晚饭，他把炉子的火调大，帮她给婴儿洗澡。他再一次对这个小婴儿惊叹了一番：她的五官有一半像他，眼睛和嘴，有一半像女孩，下巴和鼻子。他给那小小的身体扑了粉，手指和脚趾之间的地方也没漏掉。他看着女孩替小婴儿换上尿片，穿好睡衣。

他将洗澡水倒进淋浴池，然后上了楼。外面又阴又冷。他的呼吸在空中冒着白气。已不剩几根草的草地，在路灯下显得灰扑扑、硬邦邦的，像一块帆布。人行道旁堆了一堆堆的积雪。一辆车驶过，他听见车轮碾过沙子的声响。他任由自己想象着明天的情形，大雁在他头顶上空盘旋，猎枪抵着他的肩膀。

随后他锁上门，走回楼下。

他们躺在床上想看看书，可两人都睡着了，先是她，手里的杂志滑落在被子上。他的眼皮也合上了，但还是从床上起来，检查了一遍闹钟，才关掉灯。

婴儿的哭声吵醒了他。客厅的灯亮着。他能看见女孩站在摇篮旁，抱着婴儿轻轻摇晃。过了片刻，她放下婴儿，关了灯，回到床上。

已是凌晨两点，男孩又睡着了。

婴儿的哭声又一次吵醒了他。这回，女孩仍睡着。婴儿断断续续地哭了几分钟就不哭了。男孩听着听着，又开始打瞌睡。

他睁开眼睛。客厅的灯亮着。他坐起来，打开台灯。

我不知道怎么回事，女孩说，她抱着婴儿来来回回地走着。我替她换了尿布，又喂了她，可她还是继续哭。哭个不停。我累极了，我真怕自己会一松手把她掉地上。

你回床上去吧，男孩说，我来抱一会儿她。

他起来，接过婴儿，女孩回到床上躺下。

就摇几分钟就好了，女孩在卧室里说。说不定她就会继续睡了。

男孩抱着婴儿坐在沙发上，把她放在腿上，轻轻地颠着，直到她闭上眼睛。他自己的眼皮也差不多要合上了。他小心地站起，把婴儿放回摇篮。

四点差一刻，他还有四十五分钟可以睡。他爬上床。

可没过几分钟，婴儿又哭了起来，这次，他们俩都起来了，男孩骂了一句。

天哪，你怎么回事，女孩对他说。没准她生病了。没准我们不该给她洗澡。

男孩抱起婴儿。婴儿蹬蹬小脚，安静了。瞧，他说，我真不觉得她有什么事。

你怎么会知道？女孩说。来，让我来抱她。我知道我该给她喂点药，但我又不知道该喂什么。

过了几分钟，婴儿没再哭了，女孩又把她放进摇篮。男孩和女孩看着婴儿，然后又看看对方，这时婴儿又睁开眼睛，哭了起来。

女孩抱起婴儿。宝贝，宝贝，她说，眼里噙着泪。

说不定是她肚子不舒服，男孩说。

女孩没出声。她继续抱着婴儿轻轻摇晃，不再搭理男孩。

男孩又等了片刻，然后走进厨房，烧热水冲咖啡。他套上羊毛内衣裤，扣上纽扣，然后开始穿衣服。

你这是干吗？女孩问他。

去打猎，他说。

我认为你不该去，她说。也许再过会儿，等宝宝没事了，你就可以去了，但是我觉得今天早上你不该去。她哭成这样，我不想一个人留下来看着她。

卡尔和我说好了，男孩说。这事我们已经计划好了。

你和卡尔计划了什么，关我屁事，她说。至于卡尔，他又关我屁事。我根本就不认识那个人。我就是不想让你去。在这种情况下，你连想去的念头都不该有。

你见过卡尔，你认识他，男孩说。你说你不认识他是什么意思？

问题不在这里，你知道的，女孩说。问题是我不想一个人被丢在家守着生病的宝宝。

等一下，他说。你不懂。

不，你才不懂，她说。我是你妻子。这是你孩子。她可能生病了。你看看她。不然她为什么老哭？你不能丢下我们跑去打猎。

别发神经了，他说。

我是说你什么时候都可以去打猎，她说。但是孩子现在有点不对劲，而你却想丢下我们去打猎。

她开始哭。她把婴儿放回摇篮，可婴儿马上又哭了起来。女孩赶紧用睡袍的袖子抹去眼泪，又把婴儿抱起来。

男孩慢吞吞地系上靴子的鞋带，穿上衬衫、毛衣、大衣。厨房炉灶上的水壶尖叫着。

你得做出选择，女孩说。卡尔还是我们。我说真的，你必须选一个。

你什么意思？男孩说。

你听见我的话了，女孩答道。如果你想要个家，你就得做出选择。

他们盯着对方。男孩提起狩猎用具，上了楼。他发动了车，又下车去清理车窗，把上面结的冰刮干净。

夜间气温下降得厉害，但乌云已经散去，星星出来了。星星在他头上的天空中闪烁。男孩开着车，抬头望了一眼星星，想着他们之间的距离，心里一动。

卡尔家门廊的灯亮着，他的旅行车停在车道上，引擎空转着。男孩将车一停到路边，卡尔就走了出来。男孩已拿定主意。

你最好别把车停街边，卡尔在男孩走上人行道时说。我准备好了，等我关一下灯。我真是抱歉，真的，他继续说着。我想你没准睡过头了，所以刚刚打了个电话过去。你妻子说你出门了。我真是抱歉。

没事，男孩说，心里想着该说些什么。他将身体重心移到一条腿上，把衣领竖起来。他又将两只手插进大衣口袋。她已经起来了，卡尔。我俩都起床一阵了。我们的小孩可能有点不舒服。我不知道。我的意思是她哭个不停。是这样的，我想这次我去不成了，卡尔。

你本来打个电话过来就行，孩子，卡尔说。没事的。你知道你不用特地跑一趟来告诉我。这有什么，打猎这事可去可不去。这不重要。你要不要来一杯咖啡？

我还是赶紧回去吧，男孩说。

好吧，那我就自己去了，卡尔说。他望着男孩。

男孩仍旧站在门廊上，不说话。

天放晴了，卡尔说。我也不指望今天早晨能打多少。反正你不去大概也不会错过什么。

男孩点点头。回头见，卡尔，他说。

回头见，卡尔说。嘿，如果有人不是这么说，别相信他，卡尔说。你是个幸运的孩子，我这是真心话。

男孩发动车辆，等着。他看卡尔转身进屋，关掉所有灯。他这才挂上挡，从路边开走。

客厅里灯亮着，可女孩在床上睡着了，婴儿也在她身边睡着了。

男孩脱下靴子、裤子和衬衫。他手脚很轻。他穿着袜子和羊毛内衣裤，在沙发上坐下开始读晨报。

没过多久外面的天就亮了。女孩和婴儿继续熟睡着。过了一会儿，男孩走进厨房，开始煎熏肉。

没过几分钟，女孩穿着睡袍出来了，她伸出双臂搂住他，一句话也没说。

嘿，小心睡袍着火，男孩说。她紧紧地靠着他，但同时也碰到了炉灶。

先前的事，我很抱歉，她说。我不知道当时我脑子里在想什么。我不知道我为什么会说出那种话。

没关系，他说。来，让我把熏肉煎好。

我不是故意说狠话的，她说。实在糟糕。

是我的错，男孩说。凯瑟琳怎么样了？

她现在没事了。我不知道先前她是怎么了。你走后，我又替她换了尿布，后来她就没事了。她真就没事了，马上睡着了。我也不知道是怎么回事。别生我们的气。

男孩笑起来。我没生你们的气，别傻了，他说。来，让我用煎锅做点吃的。

你坐下，女孩说。我来做早饭吧。来一块华夫饼配熏肉，怎么样？

太好了，他说。饿死我了。

她从煎锅里盛出熏肉，然后调了华夫饼面糊。他坐在桌边，放松下来，看她在厨房里忙着。

她去关好卧室门，又走进客厅，放上一张他俩都喜欢的唱片。

我们可不想再吵醒那一位，女孩说。

肯定的，男孩说着笑起来。

她把一只盘子摆到他面前，上面有熏肉，一个煎蛋，一块华夫饼。她又将另一只盘子搁上桌，那是她自己的。可以吃了，她说。

看上去真棒，他说。他往华夫饼上抹黄油、浇糖浆，切开华夫饼时，他却把盘子打翻在自己腿上了。

糟了，他说，从桌边一跃而起。

女孩看着他，又看了看他脸上的表情，她开始哈哈大笑。

你真应该去照照镜子，她说，一个劲地笑着。

他低头看着自己羊毛内衣裤上沾满的糖浆，又看看糖浆上粘着的松饼、熏肉和鸡蛋碎。他大笑起来。

我真是饿坏了，他说，摇摇头。

你真是饿坏了，她说，继续笑。

他脱去羊毛内衣裤，朝卫生间门口扔过去。然后他张开双臂，她投入他的怀中。

我们别再吵架了，她说。不值得，是不是？

对啊，他说。

我们别再吵架了，她说。

男孩说，我们不会。接着他亲吻了她。

他从椅子上站起来，把他们的空酒杯倒满。

没了，他说。故事结束了。我承认，这算不上什么了不得的故事。

我觉得有意思，她说。我跟你说，这个故事非常有意思。可发生了什么呢？她问。我的意思是后来。

他耸耸肩，端着酒杯走到窗前。天黑了，但雪依旧飘着。

事情会变的，他说。我不知道是怎么变的。但事情确实会变，不管你有没有意识到，也不管你想不想。

是的，没错，只是——但她的话只说到一半。

她没有继续这话题。从窗户的倒影里，他见她正端详着自己的指甲。之后她扬起头来，语调明快，问他到底还要不要带她在城里走走看看。

他说，穿上你的靴子，我们走吧。

可他仍站在窗前，回忆着那段人生。他们曾经笑过。他们曾彼此依偎着，笑着，直到流下眼泪，而其他一切——寒冷，以及他要去的地方——仍在外面，至少暂时是那样。

谎话

"这是谎话，"我的妻子说，"你怎么会相信这种话？她是嫉妒，就这么回事。"她一仰脑袋，眼睛直瞪着我。她还来不及脱去帽子和大衣。她的脸因为受指责而阵阵发红。"你是相信我的，对不对？你肯定不会相信那个吧？"

我耸耸肩，接着说："她为什么要撒谎？她的目的是什么？她撒谎又能捞到什么好处？"我很不自在。我趿着拖鞋站在那里，两只手不停地握紧又松开，感到有些荒唐，像处在众目睽睽之下似的。我不是那种擅长质问别人的人。我但愿那话从未传进过我的耳朵，但愿一切能像从前那样。"她也算是个朋友啊，"我说，"我们俩的朋友。"

"她是个婊子，她就是！你不会认为一个朋友，哪怕再不够熟的朋友，甚至点头之交，会和你说那种事，那样彻头彻尾的谎话，对不对？你不会相信。"我的蠢笨使她摇头。接着她取下别针，摘掉帽子，脱下手套，把东西

——搁桌上。她脱下大衣，将它搭在一张椅背上。

"我再也不知道有什么可以相信了，"我说，"我是想相信你的。"

"那你就相信！"她说，"相信我——我所要求的就只有这个。我说的是真话。那种事我是不会说谎的。好了。说那不是真的，亲爱的。说你不相信。"

我爱她。我想把她搂在怀里，抱着她，告诉她我相信她。可这谎话，倘若是谎话，已经横在我们之间了。我走到窗边。

"你一定要相信我，"她说，"你知道这很蠢。你知道我跟你说的是真的。"

我站在窗前，看着下面缓慢移动的车流。要是我抬一下眼睛，我就可以在窗玻璃上看见妻子的影子。我跟自己说，我是个心胸豁达的男人。我可以消化这事儿。我开始思考我的妻子，思考我们共同的生活，思考真实和虚构，坦诚与欺骗，幻想和现实。我想起我们最近看过的那部电影《放大》。我记得茶几上那本列夫·托尔斯泰的传记，他说的有关真相的那些话，他在旧俄罗斯引起的轰动。接着我又想起一个旧友，是我中学三四年级时结交的朋友。

这朋友从来不会讲真话，是个积习难改、彻头彻尾的撒谎大王，可却又是个可爱又心善的人，在我人生那段艰难日子里，有两三年的时间，他是我真正的朋友。从我的过去挖掘出这个撒谎成性的人，我尤其高兴，这先例可帮助我们对付我们——迄今为止——幸福婚姻的危机。这人，这乐此不疲的撒谎大王，的确可以证实我妻子的理论，即世界上真有这号人。我又高兴起来了。我转过身来要说话。我知道我要说什么：是的，没错，真可能是这样，真是这样——人们可以并且确实会撒谎，控制不了，或许是下意识的，有时是病态的，完全不顾后果。给我通风报信的人肯定就是这种人了。可就在此刻，我妻子在沙发上坐下，双手捂脸，说："是真的，上帝饶恕我。她跟你说的每件事都是真的。我说我对这事一无所知，那是谎话。"

"真的吗？"我说。我在窗边的一把椅子里坐下。

她点点头。她的双手一直捂着脸。

我说："那你为什么否认？我们从不对彼此撒谎。难道我们不是一直在对彼此说真话吗？"

"我很抱歉。"她说。她望着我摇了摇头。"我感到羞耻。你不知道我感到多么羞耻。我不想让你相信。"

"我想我理解。"我说。

她蹬掉鞋，仰靠在沙发上。接着她坐直了，将毛衣拉过头顶脱下来。她拍拍头发，将它们拢回原样。她从托盘中拿起一支烟。我替她点火，看到她修长白皙的手指和精心修剪的指甲，心里顿时一惊，就好像我用一种新的、具有某种揭示性意义的方式看到了它们。

过了一分钟，她吸上一支烟，说："你今天过得怎样，亲爱的？我是说，总的来说。你懂我的意思。"她将香烟含在唇间，站起来脱掉裙子。"哎。"她说。

"还行，"我回答，"下午有个警察来这里，带了搜查令，信不信由你，找以前住在走廊那头的一个人。公寓管理员亲自打电话来，说是三点到三点半要维修，这期间会停水半小时。现在一想，实际上，他们就是在警察登门的那段时间里停水的。"

"是吗？"她说。她把两只手放在臀上，伸了伸懒腰。之后她闭上眼睛，打了个哈欠，甩了甩长发。

"再就是，我今天把那本讲托尔斯泰的书读了一大半。"我说。

"了不得。"她开始吃起了什锦坚果，右手一颗接一颗地将坚果扔进张开的嘴里，左手指间依旧夹着香烟。时不时地，她会停下，用手背抹一下嘴，再抽一口烟。这时她已经脱去了内衣裤。她盘起腿来，在沙发上坐好。"怎么样？"她说。

"他有些有意思的看法，"我说，"他真是个人物。"我感觉手指有些刺痛，血液开始加速涌动。可我也感到虚弱。

"过来，我的穆日克①。"她说。

"我想要真相。"我说得很轻，此刻我已四肢着地了。那毛茸茸、弹性十足的柔软地毯使我亢奋。我慢慢爬到沙发前，将下巴搁在一个软垫上。她用一只手抚摸着我的头发。她仍笑着。盐粒在她丰满的嘴唇上闪着光。但我看着看着，她的眼睛里泛起了一种无法形容的悲哀，尽管她还是在微笑着抚摸我的头发。

"小帕夏②。"她说，"到这儿来，小甜心。它真的相信那肮脏女人说的那肮脏的谎话？来，把你的脑袋枕在妈妈

---

① 原文为 muzhik，在俄语里有"农民、农奴"的意思，同时也指有阳刚之气的男性。——编者注
② 原文为 Pasha，来自土耳其语，是土耳其古代对高级官员的一种尊称。——编者注

胸口。就这样。现在闭上眼睛。好。它怎么可以信这种话呢？我对你很失望。说真的，你知道我还不至于那样。对有些人来说，撒谎不过是一种消遣。"

木屋

哈罗德先生走出小饭馆，见雪已停。河对岸的山丘背后，天正放晴。他在汽车前停了片刻，舒展一下身体，然后扶着打开的车门，吸了一大口清冽的空气。他发誓自己几乎尝到了这空气的味道。他不紧不慢坐到方向盘后，重新拐上了高速公路。只需开一个钟头的车，就可以到旅馆。今天下午，他还能钓上两三个钟头的鱼。之后有明天。明天一整天。

到了帕克交叉路口，他开上了跨河的那座桥，然后拐上通往旅馆的那条路。路两边是被厚雪压弯了枝丫的松树。白雪皑皑的山丘云雾缭绕，难以分辨山巅和天空的交界。这让他想起他们那时在波特兰博物馆里看到的中国山水画。他挺喜欢那些画。他就跟弗朗西丝这样说了，可她没吱声。她陪他在那片展区里站了几分钟，接着去了另一个展室。

他到旅馆时已接近正午。山上那些木屋先进入了他的视野，路变得坦直起来，接着就到旅馆了。他放慢车速，颠簸着拐下这条路，开上脏兮兮的铺着沙的停车场，在靠近前门的地方停下车。他摇下车窗，休息片刻，肩膀抵着座位前后活动了一下。他闭上眼睛，然后睁开。一块闪烁的霓虹灯招牌上写着"城堡岩"，下面是一块字迹工整的手绘牌子，"豪华木屋——**营业处**"。上次来这里时——那次是弗朗西丝和他一起来的——他们住了四天，他在河的下游钓到五尾相当不错的鱼。那已是三年前了。他们以前常来这里，一年两三回。他打开车门，慢慢下车，感觉背部和脖子那里十分僵硬。他费力地走过结冰的雪地，把手插在外套口袋里，踏上板条阶梯。上完台阶后，他蹭掉鞋上的雪和沙子，冲一对走出来的年轻男女点了点头。他注意到他俩走下阶梯时，男人扶着女人手臂的模样。

　　旅馆里面弥漫着烧木炭和煎火腿的气味。他听见餐盘碰撞的叮当声。他看向固定在餐厅壁炉上方的一尾褐色鳟鱼，又回来了，对此他感到高兴。他站在收银台前，旁边是个展示柜，玻璃后面摆着皮夹、钱包、软皮鞋。柜子上层散放着印第安珠链，手串，还有几块木化石。他走到 U

形吧台那里，在一只高脚凳上坐下。隔了几只高凳子坐着两个男人，他们停止了说话，扭头看他。他们是猎人，他们的红帽子和外套搁在他们背后的空桌子上。哈罗德先生等待着，拨弄着他的手指。

"你到了多久了？"女孩皱着眉头问。她悄无声息地从厨房来到他跟前，在他面前搁下一杯水。

"没多久。"哈罗德先生说。

"你该摁铃的。"她说。她的嘴一张一闭，矫正牙箍闪着光。

"我应该订了间木屋，"他说，"我一个礼拜左右之前给你们写了张卡片预订的。"

"我得去叫梅耶太太来，"女孩说，"她在做饭。木屋由她管。这事她没跟我提过。冬天我们的木屋通常是不开放的，你明白吧。"

"我给你们写过卡片，"他说，"你去跟梅耶太太核实好了。你去问问她。"两个男的在高脚凳上扭过身，又朝他看过来。

"我去叫梅耶太太过来。"女孩说。

他脸红了起来，搁在面前吧台上的两只手握到了一起。屋子里离他最远的那面墙上挂了一幅大尺寸的弗雷德里克·雷明顿[1] 油画复制品。他盯着画里那东倒西歪、受了惊的水牛，还有那些把拉开的弓架在肩膀上准备射箭的印第安人。

"哈罗德先生！"那上了年纪的妇人叫道，朝他蹒跚而来。她是个小个子妇女，头发花白，胸脯丰满，脖子也粗，内衣带子从白色工作服里透出来。她解下围裙，伸出手来。

"很高兴见到你，梅耶太太。"他一边从高脚凳上站起，一边说。

"我差点认不出你了，"老妇人说，"我搞不懂这女孩有时候是怎么了……伊迪丝……她是我孙女。现在这里由我女儿和她丈夫照管了。"她摘下眼镜，开始擦拭镜片上的水汽。

他低头看看抛光的吧台台面，手指在纹理清晰的木台面上摩挲着。

"您太太呢？"她问。

---

[1] 弗雷德里克·雷明顿（Frederic Remington，1861—1909），美国画家、雕塑家。——编者注

"她这礼拜有点儿不舒服。"哈罗德先生说。他开始说起别的事，但也没有什么事好说。

"真可惜！我已经给你们俩把木屋打扫得舒舒服服的了。"梅耶太太说。她脱下围裙，搁在收银机背后。"伊迪丝！我带哈罗德先生去他的木屋！我得去穿一下外套，哈罗德先生。"女孩没答话。不过她走到厨房门口，手里握着一个咖啡壶，盯着他们。

外面出太阳了，阳光刺痛了他的眼睛。他跟在一瘸一拐的梅耶太太后面，扶住栏杆，慢慢走下台阶。

"太阳挺糟的，是不是？"她一边说，一边在压实了的雪地上小心地移动。他觉得她该拄根拐杖才是。"整整一个礼拜了，它头一次出来。"她说。一辆汽车开过，她朝坐在里面的几个人挥挥手。

他们路过一台加油泵，加油泵上了锁，上面落满了雪，然后路过一间棚屋，棚屋门上挂了一块牌子，写着"轮胎"。他从破了的窗户看进去，只见里面一堆堆的麻袋，还有旧轮胎和桶。屋子潮湿，看起来很阴冷。雪飘了进去，薄薄地洒在有碎玻璃的窗台上。

"孩子们干的。"梅耶太太说着，脚步顿了顿，举起一只手指向破掉的窗玻璃。"他们一瞅着机会就来搞破坏。他们一大帮人是从建筑工地营那边过来的，成天撒野。"她摇着头，"可怜的小捣蛋鬼。不过这种日子对小孩子是够惨的，像这样成天搬家。他们的爸爸在修那个大坝。"她打开木屋门锁，使劲一推。"我今天早上生了火，好叫你们舒服些。"她说。

"非常感谢，梅耶太太。"他说。

前屋里有一张盖着简朴床罩的双人大床，一只五斗柜，一张书桌，前屋和厨房由一小块胶合挡板隔开。木屋里还有一个水槽、木炭炉子、木柴箱、老式冰柜、一张铺了油布的桌子和两把木椅。有一扇门通向盥洗室。他见旁边有一处小门廊，他可以把衣服挂在那里。

"看上去不错。"他说。

"我尽量把它打理得舒服些，"她说，"眼下你还需要什么吗，哈罗德先生？"

"眼下不需要了，谢谢。"他说。

"那我就让你先休息。你大概很累了，一路这么开过来。"她说。

"我得去把自己的东西提进来。"哈罗德先生一边说，一边跟着她走出木屋。他把背后的门拉上，他们站在门廊上往山下眺望。

"我很遗憾你太太不能来。"老妇人说。

他没有回答。

从他们站着的地方看，他们几乎和道路背后小山坡上突出来的一方巨岩一样高。有人说那看上去像一座风化的古堡。"钓鱼的情形如何？"

"有些人钓到了鱼，不过大多数人在外面打猎，"她说，"猎鹿季节，你也知道。"

他将车开到离木屋尽可能近的地方，开始卸东西。他最后拿出来的是小储物箱里的一品脱苏格兰威士忌。他将酒瓶放在桌上。之后，他摆开一盒盒的沉子、鱼钩、红色和白色的大个儿飞蝇鱼饵，于是就把酒瓶挪到了沥水板上。他坐在桌边，抽着香烟，渔具箱子打开着，一切井井有条，飞蝇鱼饵和沉子铺开来，两只手试着前导线的力度，绑着下午的钓鱼装备，他感到高兴，自己终究还是来成了。而今天下午他还能去钓上几个小时的鱼。接着还有明天。他已经想好，那瓶威士忌留着等下午钓完鱼回来喝几口，剩下的省着明天再喝。

他坐在桌边绑渔具，觉得自己听见门廊那边有挖东西的响动。他从桌边站起，打开门。但外面什么也没有。阴沉的天空下，只有白雪皑皑的小山和生机全无的松树，再往下看，有几栋房子，一些汽车停靠在高速公路边上。他突然感到非常累，想在床上躺几分钟。他不想睡。他只想躺一躺，歇一会儿就起来，穿戴整齐，拿上东西，走到河边去。他清理掉桌上的东西，脱了衣服，钻进冷冰冰的被单中。他侧躺了一会儿，闭上眼睛，为了暖和弯起膝盖，之后他又仰面平躺，脚趾顶住被单扭动着。他希望弗朗西丝也在这里。他希望这里可以有个人说说话。

他睁开眼睛。屋子里很暗。火炉发出毕毕剥剥的细小声响，炉子背后的墙上映着一片红光。他躺在床上盯着窗户，不敢相信外面竟已天黑了。他又闭上眼睛，再次睁开。他原本只是想歇一歇。他并没打算一觉睡过去。他睁开眼睛，费力地在床沿坐起来，然后穿上衬衫，伸手去抓裤子。他走进盥洗室，往脸上泼了些水。

"见鬼！"他一边说，一边把厨柜倒腾得砰砰乱响，把几只罐头拿下来再放回去。他煮了一壶咖啡，两杯下肚后，决定去下面的餐馆吃点东西。他穿上羊毛拖鞋和一件外套，四处搜寻才找到了手电筒。然后他出了门。

凛冽的空气刺痛了他的脸颊，仿佛捏住了他的两只鼻孔。不过空气使他感觉舒爽，他的头脑变得清醒。从旅馆那里透过来的灯光指明了他脚下的路，他走得很小心。进了餐馆，他朝女孩伊迪丝点点头，在靠近柜台一端的一个厢座里坐下。他可以听见厨房里收音机播放的声音。女孩没有任何要来招待他的表示。

"你们打烊了？"哈罗德先生说。

"差不多吧。我在为明早开门做清洁。"她说。

"这么说来想吃点什么是太晚了。"他说。

"我想我可以给你弄点什么。"她说。她拿了一份菜单走过来。

"梅耶太太在吗，伊迪丝？"

"她在她屋里。你找她是要什么吗？"

"我还需要些木柴。早上用。"

"在外面的后头，"她说，"就在这间厨房背后。"

他指着菜单上的一份简餐——熏肉三明治配土豆沙拉。"我要这个。"他说。

等着上菜时，他开始将面前的盐和胡椒调味瓶兜着圈儿挪来挪去。把盘子给他端来后，她留在前厅没走开，给糖罐加糖，放餐巾纸，时不时瞥他一眼。不一会儿，他还没吃完，她就拿了一块湿抹布走过来，开始擦他的桌子。

他留了些钱，比账单上的数目多了不少，然后从旅馆的一扇侧门走出去。他绕到后面，抱了一堆木柴。接着用蜗牛般的速度爬上木屋。他回了一下头，见那女孩正从厨房窗户里看着他。等他走到自己的门口，放下木柴时，他已经十分讨厌她。

他在床上躺了很久，读着在门廊上找到的一份过期的《生活》杂志。炉火的温热最终让他产生了睡意，他起身，铺好床，又整理了第二天早晨需要的东西。他又检查了一遍那堆东西，确保不漏掉什么。他喜欢做事有条理，不想第二天一早起来还得找东找西的。他拿起苏格兰威士忌酒瓶，举在灯光下。之后他往杯子里倒了点。他拿着杯子走到床边，摆在床头柜上。他关了灯，站着看向窗外，看了一分钟后，他上了床。

他起得很早，屋子里还是黑漆漆的。过了一夜，炉火熄了，木柴烧成了炭灰。在木屋里，他都能看见自己呼出的气息。他拨了拨炉箅,塞进去一些木柴。他不记得最后一次这么早起是什么时候了。他做了几个花生酱三明治,用蜡纸包好。他将三明治和几块燕麦甜饼搁进大衣口袋。在门口,他套上了防水长筒靴。

外面晨光微亮,灰蒙蒙的。云雾弥漫在狭长的峡谷里,一朵朵地聚在树冠和山顶。旅馆没亮灯。他沿着积了雪的打滑的小道,慢慢往河边走。这么早就起来出门钓鱼令他心情愉快。他听见河那边山谷里的什么地方传来啪啪啪的枪声,数了起来。七。八。猎人们醒了。鹿也醒了。他想知道枪声是不是来自昨天在旅馆碰见的那两个猎人。在这样的雪天,鹿的逃生机会不太大。他留心着脚下,看着路。小路一直往下延伸,不久他就走进了浓密的林地,雪没至他的脚踝。

飘到树底下的雪积成一堆堆,不过他下脚的地方雪并不太深。这是一条不错的小道,压得紧实,还落了厚厚一层松针,靴子踩下去,松针就嘎吱嘎吱被踩进雪里。他可以看见自己的呼出的气息在眼前变成一溜白色水汽。当他得拨开灌木丛穿过,或从矮树枝丫底下走过时,他就将鱼竿笔直地杵在自己前面。他捏着鱼竿的大鱼线轴轮,像夹一柄长矛那样用胳膊夹着鱼竿。小的时候，他有时会去偏远的地方钓两三天鱼，独自一人徒步去，也像这样一路拿着鱼竿，即便路上没灌木丛，没矮树林，也许只是一片绿色草地。那些时候，他会想象自己等着敌人从林间策马而出。林边的松鸦会大声叫嚷。接着他就会扯开嗓门唱些什么。他冲着莽原上空盘旋的鹰吆喝，大声挑衅，喊到胸口发疼。此刻，他眼前又出现了太阳和蓝天，还有那片湖，湖边有一个斜顶小棚。水是那么清，那么绿，在水下十五至二十英尺深处，你可以看到大陆架伸入湖水更深的地方。他能听见河的声音了。但此时小道却断了，并且就在他开始走下河滩时，他一脚踏进一处过膝的雪堆，他慌了神，胡乱抓了好几把雪和藤蔓，才爬了出来。

河流看上去冷得不行。它是银绿色的，河岸边那些石头间的小水洼都结了冰。从前，在夏天，他会去更下游的河段钓鱼。可今天早晨他没法去下游。今天早晨他能走到这里，就够让他感到高兴了。一百英尺远，河对岸的沙滩前，是一片不错的浅滩。可当然没法子过去。他决定了，认为自己待在这里就挺好。他爬上一截木头，在上面坐稳，朝四周看。他望见高耸的树木和白雪覆盖的群山。看到河面上弥漫的白雾，他觉得眼前的景色像一幅画一样美丽。他在木头上坐下，一边将鱼线穿过鱼竿上的导环，一边一前一后晃着双腿。他绑上昨晚预备好的一套渔具。一切准备就绪，他滑下木头，把防水靴的长筒尽可能往上拉高，将长靴上端的搭扣扣在自己的皮带上。他慢慢地蹚下河，屏住呼吸，以应对下水瞬间那冰冷的刺激。水波撞击过来，打着漩涡，直冲上他的膝盖。他停下，接着又往前挪了一点。他放开滚轮，将鱼线朝上游漂亮地抛出去。

他钓着鱼，重新感受到了旧日那种兴奋。他就这样一直钓着鱼。过了半晌，他蹚出水，坐在一方岩石上，背靠一截原木。他摸出饼干。他什么都不用着急。至少今天不用。一群小鸟飞过河面，栖息在离他很近的几块岩石上。他把一把饼干屑朝它们撒去，它们扑翅飞起。树冠沙沙响，风把河谷间的云吹了出来，吹到了山峦上。接着他听见河对岸的树林里传出一阵噼噼啪啪的枪声。

就在他刚换了鱼饵、抛出鱼线时，他看见了那头鹿。它从河上游那边的灌木丛里跌跌撞撞地跑出来，跑上小河滩，它的头歪着，打着抖，鼻孔下挂着几股白色的黏液。它的左后腿断了，垂在后面，有一瞬间，鹿停下脚，扭头看向那条腿。之后它跑进河里，没入水流，最后只能看见它的背脊和脑袋了。它到了他这边的浅水处，踉跄着出了河水，脑袋左摇右晃的。他一动不动地站着，看它扑进林子。

"混账杂种。"他说。

他又抛了一次鱼线。接着他收起鱼线，回到岸上。他在刚才坐过的木头上坐下，吃起了三明治。三明治干巴巴的，什么味道都没有，不过他照样吃了，尽量不去想那头鹿。弗朗西丝现在该起来了，在做家务。他也不愿去想弗朗西丝。可他记得那天早晨，他钓到三尾铁头鳟。他用尽全力才把鱼拖上山弄回木屋。不过他好歹还是弄回去了，她来开门时，他就将鱼从麻袋里倒在她前面的台阶上。她吹着口哨弯腰去摸鱼背上那一溜黑斑。那天下午他又回去钓了两尾来。

天气变得更冷了。风顺着河刮下来。他僵硬地站起身，蹒跚地走在岩石上，想活动一下。他想生个火，转念又决定他不会再待多久。几只乌鸦拍着翅膀掠过河面。它们飞过他头顶时，他大喊了一声，可它们根本没往下看。

他又换了蝇饵，加了沉子，向上游方向抛钩。他由着水流把鱼线从他指间往外拉，直到看见鱼线松弛下来。他这才摁下鱼线轮的逆止开关。铅笔状的沉子在水下的岩石上弹来弹去。他用腹部顶住鱼竿尾端，心里纳闷，不知道在鱼的眼里，这假蝇饵是什么样的。

河上游那头的林子里跑出几个男孩，走到河滩上。有几个戴着红帽子，穿着羽绒背心。他们在河滩上走动，朝哈罗德先生看看，又朝河流的上下游张望。当他们开始沿着河滩朝他的方向走过来时，哈罗德先生看了看山丘，又看了看水段最好的河下游。他开始收线。他抓住蝇饵，将鱼钩扎进鱼线轮上方的软木里。接着他不紧不慢蹚水往岸边走，心里只念着河岸，每谨慎小心地走一步，都使他离河岸更近一步。

"喂！"

他停住脚，在水中慢慢转过身，他希望这事等他上了岸才发生，而不是眼下水流汹涌冲撞着他的双腿，自己在滑溜的岩石上几乎站不稳的时候。他盯住他们，直到他看出谁是领头的，同时他的脚不由自主地挤进岩石之间的空隙里。他们所有人的腰带上都别着像是枪套或刀鞘之类的东西。但只有一个男孩有杆来复枪。朝他吆喝的，他知道，就是这个男孩。男孩骨瘦如柴，一张瘦脸，戴着顶褐色鸭舌帽，他说：

"你看见一头鹿从那儿跑出来没有？"他像握手枪那样用右手握着来复枪，枪口朝河滩上指了指。

其中一个男孩说："他肯定看见了，厄尔，又没过多久。"说着瞟了其他四人一眼。他们都点点头。他们传着一根烟，轮流抽着，但眼睛都盯着他不放。

"我说——喂，你聋了？我问你看见一头公鹿没？"

"不是公的，是母的。"哈罗德先生说，"后腿几乎给打断了，真是过分。"

"跟你有什么关系？"持枪的男孩说。

"他倒是精得很，是不是，厄尔？老杂种！告诉我们它去哪儿了？"其中一个男孩说。

"他去哪儿了？"持枪的男孩说，他把枪提到胯部，枪口差不多对准了哈罗德先生。

"谁想知道？"他将鱼竿笔直对着前面，用胳膊夹紧，另一只手拉下自己的帽子，"你们这些小杂种是从河边拖车房营地那头过来的，对不对？"

"你以为你知道的很多，对不对？"那男孩说，朝身边其他几个看了一眼，对他们点点头。他抬起一只脚，慢慢放下，又抬起另一只。过了片刻，他把来复枪举到肩膀上，往后拉开保险栓。

枪口对准了哈罗德先生的腹部，也许是更低一些的部位。水流在他的防水靴周围打着漩涡，泛起水沫。他的嘴巴张开又合上。可他动不了舌头。他低头看着清澈河水底下的岩石，以及石隙间的细沙。他想，倘若他的靴子踢起水花，他就这样栽倒下去，像一匹膘肥大马那样在水里翻腾，不知会怎样。

"你这是怎么回事？"他问那男孩。冰凉的河水从他的腿部淹上来，灌进他的胸腔。

那男孩什么都没说。他就那样站在那里。他们都那样站在那里，看着他。

"别开枪。"哈罗德先生说。

那男孩举着枪对着他又瞄了一分钟，然后放下枪。"怕了，是不是？"

哈罗德先生恍惚地点点头。他感觉自己好像要打哈欠。他的嘴巴不停地张开又合上。

另一个男孩从河边搬起一块石头扔过来。哈罗德先生背过身，那石头在离他两英尺的地方砸进水里。其他男孩也开始扔石头。他站在那里望着河岸，听石头在身边噼里啪啦地掉到水里。

"反正你不想在这里钓鱼，对不对？"持枪男孩说，"我本可以给你来一下子，不过我没有。你看见那头鹿了，你就记着你多走运吧。"

哈罗德先生又站了一分多钟，之后他才扭头望去。其中一个男孩朝他竖中指，其他的咧嘴笑着。他们又一起返回树林里。他看着他们离开。他转身，好不容易涉水上了河岸，靠着那根木头跌坐下来。过了几分钟，他爬起来，开始往木屋所在的方向走回去。

整个早晨，雪一直要下不下的，可此刻，就在他刚刚能瞧见那片开阔地带时，雪花开始稀稀疏疏地飘下来了。他的鱼竿还在那里的某个地方。也许是他崴了脚停下来的那个时候，把它落在那里了。他记得自己想解开靴子，就将鱼竿平放在雪地上，可他不记得他把它拿起来了。反正现在对他无关紧要了。不过那是一根好鱼竿，是五六年前的一个夏天，他花了九十美元买的。然而哪怕明天雪过天晴，他也不会回去找了。明天？他得回家，上班。不远处一棵树上有只松鸦叫唤着，开阔地的另一端，他的木屋那里，另一只松鸦回应着。他累了，现在走得很慢，想尽量减轻脚的负担。

他走出树林，停了下来。下面的旅馆亮起了灯。就连停车场那里的灯都亮了。白天还剩下好几个小时，可他们却已把下面的每一盏灯都点亮了。他觉得这事好像有些蹊跷，琢磨不透。难道出了什么事？他摇了摇头。之后他踏着台阶走上了自己的木屋。他在门廊上停住脚。他不想进屋。可他明白他得打开门进屋去。他不知道自己是否能做得到。有那么一会儿，他想干脆就坐进车里，一走了事。他低头又看了一眼山下的灯光。之后他抓住门把手，拧开木屋的门。

有人，他估计应该是梅耶太太，已经在炉里生起了小小的火。可他还是谨慎地朝四周扫视了一遍。没有响动，只有炉火的嗞嗞声。他在床上坐下，开始脱靴子。之后他穿着长袜坐在那里，想着那条河，想着那些大鱼，眼下哪怕是在冻死人的水里，它们也一定在往河的上游溯游。他摇了摇头，站起来，伸出双手，凑近炉火，手指张开、握起，直到有了针刺感。他让这股热流慢慢回到自己的体内。他开始想到家，想着要在天黑之前到家。

哈利之死

墨西哥，马萨特兰市——三个月后。

哈利死后，一切都变了。比如，我到了这里。短短三个月前，谁会料到我竟会来到墨西哥这里，而可怜的哈利死了，埋了？哈利！死了，埋了——但没被忘记。

听到消息的当天，我没法去工作。我伤心欲绝。弗兰克汽车特修行——我们都在那儿工作——负责修挡泥板和车身的伙计杰克·伯格，早上六点半就打电话给我，我那会儿正在喝咖啡，抽烟，接着准备坐下吃早饭。

"哈利死了。"他就这样说，扔下一颗炸弹。"打开收音机，"他说，"打开电视。"

警察刚走，他们上门问了杰克许多有关哈利的问题。他们叫他立即过去指认尸体。杰克说他们很可能接着就会到我这里来。他们为什么会先去杰克·伯格家，我至今都觉得蹊跷，因为他和哈利走得说不上近，反正不像我和哈利那么近。

我无法相信，可我知道既然杰克打电话来，那这事肯定是真的。我感到很吃惊，完全忘了吃早饭这回事。我从一个新闻台换到另一个新闻台，直到搞明白整件事。我听着收音机，想到哈利的事和收音机里的那些话，变得愈发难受，就这样准过了有一个钟头。有不少不在乎哈利死掉的孬种，事实上他们还会高兴他送了性命。比如说他老婆，就会高兴，尽管她住在圣迭戈市，他们彼此已有两三年没见面了。她会高兴的。从哈利的话中可以听出来，她就是那种人。她不想跟他离婚，把他让给别的女人。不离。休想。这下，她再也不用操那份心了。她不会为哈利的死难受，不会。可小朱迪思，就另当别论了。

打电话给修车行请假后，我就出了门。弗兰克没怎么多说，他说他能理解。他的心情也是如此，他说，只是他得开着店门。哈利会希望那样的，他说。弗兰克·克洛维。他是修车行老板兼工头，是我碰到过的最好的头儿。

我坐进车里，朝红狐酒吧那方向开，那里是哈利、我和吉恩·史密斯、罗德·威廉姆斯、耐德·克拉克还有其他伙伴下班后消磨夜晚的去处。眼下是早晨八点半，路上车流很挤，所以我得专心开车。可时不时地，我仍会不由自主地想到可怜的哈利。

哈利是个有本事的人。也就是说他总在倒腾着什么。在哈利身边从来不会无聊。他还很有女人缘，你懂我意思吧，他手上总有钱，日子过得有派头。他人也精明，什么买卖经他手，他总能用某种方法把事情办得漂亮妥当。举个例子，就说他开的那辆捷豹吧。那车几乎就是一辆新车，值两万美元，可它在101号公路上的一次连环车祸中撞坏了。哈利花了几个小钱就从保险公司手里买下，自己动手修得跟新的一样。哈利就是那种人物。再来就是这艘三十二英尺长的克里斯·克拉夫特豪华游艇，是哈利在洛杉矶的叔叔在遗嘱里留给他的。可游艇在哈利名下却只待了一个月。几个礼拜前，他刚去看了看游艇，还开出去兜了兜风。但他老婆那儿也是个麻烦，按照法律她也是有份的。为了防止她听到风声来争抢——事实上，还没等他自己看一眼那游艇——哈利就去找律师解决了麻烦，他把整艘游艇转到小朱迪思名下。他俩计划等八月份哈利休假时，开着它去什么地方旅行。我得再说一句，哈利走南闯北，见多识广。他当兵时去了欧洲，去过所有的首都城市和旅游胜地。有一次有人行刺戴高乐将军，哈利当时就站在人群里。他见过世面，小有所成，没错。现在他死了。

红狐酒吧向来很早开门，当时里面只有一个客人。那人坐在酒吧的另一端，不是我认识的人。酒保吉米打开了电视，我进门时他朝我点点头。他眼睛发红，一看到吉米，我又清楚地意识到哈利的死是多么不堪承受。电视上正巧开始播放一部露西尔·鲍尔和戴斯·阿纳兹演的老电影，吉米用一根长杆子去捅旋钮换频道，可此刻电视上没有关于哈利的报道。

"我不敢相信，"吉米摇着头说，"为什么偏偏是哈利。"

"我也这么觉得，吉米，"我说，"为什么偏偏是哈利。"

吉米替我俩倒了两杯烈酒，不眨一眼就把他自己的那杯灌下肚。"我伤心得就像哈利是我亲兄弟一样，伤心透了。"他又摇头，盯着自己的酒杯愣了半晌。他已经喝得很醉了。

"我们得再来一杯。"他说。

"我的里面兑点儿水。"我说。

那天早上，还有好几个人，都是哈利的朋友，陆续来到酒吧。有一次我还看见吉米掏出手帕擤鼻子。坐在吧台另一端的客人，那个陌生人，走下吧台，像是要去自动点唱机那里放点什么曲子。可吉米走过去，猛地拔掉点唱机的插头，眼睛一直瞪着那人，直到他离开。我们彼此谁都没怎么多说话。我们能说什么？我们都还没缓过神来。最后，吉米拿出一个空雪茄盒，摆在吧台上。他说我们最好开始筹款买花圈。我们大家都放进一两块钱，开始干这事。吉米拿了彩笔，在盒子上写下"哈利基金"的字样。

迈克·德马莱斯特进来了，在我旁边的高凳上坐下。他是炸药俱乐部的酒保。"妈的！"他说，"我从闹钟收音机里听到的。我老婆正穿衣打扮要去上班，她叫醒我，说：'是你认识的那个哈利？'妈的肯定啊！给我来杯双料的，再来一杯啤酒过过，吉米。"

几分钟后，他说："这事不知小朱迪思该怎么消化？有谁看到小朱迪思没？"我能看见他用眼角余光打量我。我跟他没话说。吉米说："她今儿早上打电话来，听上去相当歇斯底里，可怜的孩子。"

一两杯酒下肚后，迈克转向我说："你要不要过去看他一眼？"

我犹豫了片刻才回答。"我不是很在乎那种事。我可能不会去。"

迈克点点头，像是理解了。但过了一分钟，我发现他从吧台背后的镜中窥探我。在这里我应该提一句，我不喜欢迈克·德马莱斯特，要是你还没猜到的话。我从来没喜欢过他。哈利也不喜欢他。这事我们以前聊过。但事情总是这样——好人不交好运，其他人该干吗干吗。

差不多就在那时候，我注意到自己手心黏湿，体内像是灌了铅。我同时能感觉血液一阵阵猛击我的太阳穴。有一瞬间，我以为我快晕倒了。我挪下高凳，朝迈克点点头，又说："想开点儿，吉米。"

"会的，你也是。"他说。

出来后，我在墙上靠了片刻，想弄清楚自己在哪里。我记得自己还没吃早饭。焦虑，抑郁，加上灌下去的酒，难怪我的脑袋会天旋地转。可我什么都不想吃，我不可能咽得下任何东西。对街一家珠宝行橱窗里的钟指向十点五十分。可感觉上好像现在应该是傍晚了，发生了那么多事。

就是在那时，我看见了小朱迪思。她慢吞吞转过街角，耷拉着肩膀，脸色苍白憔悴。令人同情。她手里捏着一大包纸巾。她停了下来，擤了擤鼻子。

"朱迪思。"我说。

她发出一个声音，那声音就像一粒子弹直穿我的心。我们就在街上彼此拥抱。

我说："朱迪思，我很抱歉。有什么我能帮你的吗？我会不惜一切，你知道的。"

她点点头。她什么话都说不出。我们就站在那里彼此摩挲着，轻轻拍着对方，我想安慰她，想到什么就说什么，我们俩都抽着鼻子。过了一会儿，她松开我，神情恍惚地盯着我看，接着又扑过来抱住我。

"我不能，我不能相信，就是这样，"她说，"我就是不能。"她不停地用一只手捏着我的肩，另一只手拍着我的背。

"这是真的，朱迪思。"我说，"消息上了电台和电视新闻，所有报纸今晚都会登。"

"不，不，"她说，捏我捏得更重了。

我又开始头晕恶心。我能感觉太阳灼烧着我的脑袋。她的手臂仍环抱我。我稍微动了动，那样我们好抽身分开。但我的手臂一直扶着她的腰，支撑着她。

"本来我们下个月还要出门，"她说，"昨晚在红狐酒吧，我们在桌边坐了三四个钟头，做计划来着。"

"朱迪思，"我说，"我们找个地方去喝杯咖啡或喝杯酒吧。"

"那我们进去。"她说。

"不，去别的地方，"我说，"我们可以回头再来这里。"

"我想要是吃点东西，我会好过些。"她说。

"好主意，"我说，"我也可以吃点东西。"

接下来的三天过得浑浑噩噩。我每天都去上班，可没了哈利，那地方实在让人觉得伤心又压抑。下班后，我花了很多时间和小朱迪思在一起。晚上我就坐着陪她，尽量不让她多想那件事中太多令人不愉快的地方。我还带着她东奔西走，去那些她不得不去的地方。我带她去了两次殡仪馆。第一次她昏倒了。那地方我自己不会进去。我想记住可怜的哈利从前的样子。

葬礼前一天，修车行里我们大家凑了三十八块钱，买覆盖棺椁的花簇。他们派我去办这事，因为我和哈利很要好。我记得离家不远处有个花店。所以我开车回家，弄了些午餐，之后就开车去霍华德花之家。花店在购物中心里，里面还有药房、理发店、银行和旅行社。我停好车，还没走几步，就看见旅行社橱窗上贴着的大幅广告海报。我走到橱窗跟前，站了片刻。墨西哥。广告海报上是张巨大的石脸，咧着嘴笑盈盈的，就像太阳那样俯瞰蔚蓝大海，海上有白色纸餐巾般的船帆点点。海滩上，比基尼女郎们戴着墨镜闲逛或打羽毛球。我把橱窗上的所有广告海报都一一看过，包括德国的和快活英格兰的，可我的目光却不断回到笑盈盈的太阳、海滩、女郎和小船上。最后我照着橱窗玻璃捋了捋头发，挺直肩膀，走进了花店。

第二天早上，弗兰克·克洛维穿了休闲裤和白衬衫来上班，还系了领带。他说如果我们有谁要去跟哈利告别，完全没有问题。我们大多数人都回家去换衣服，参加葬礼，之后下午就不回去上班了。为了悼念哈利，吉米在红狐酒吧安排了一顿小型自助餐。他摆出了好多种蘸料、土豆片和三明治。我没出席葬礼，但下午晚一点的时候顺道去了一趟红狐酒吧。小朱迪思自然是在那里。她穿戴得很正式，在那里四处走动的模样就好像她灌下了一大杯弹震鸡尾酒。迈克·德马莱斯特也在那里，我看得出他眼睛时不时瞟向她。她跟一个又一个的人谈论哈利，说着诸如此类的话："哈利很看重你，格斯"或"哈利会希望那样的"，又或者是"哈利肯定最喜欢那一点。哈利就是那样的"。两三个男人和她拥抱，还拍了拍她的屁股，好像没有停手的意思，我差点就要过去请他们走开了。还混进来几个老头子，哈利这辈子大概都没跟这些家伙说过几句话——假定他见过他们的话——他们说这真是一场悲剧，接着就喝啤酒吃三明治。小朱迪思和我一直留在那里，直到七点钟，人都走空了。之后我把她送回了家。

到此，你或许能够猜到故事的剩余部分了。哈利死后，小朱迪思和我彼此为伴。我们几乎每天夜晚都上电影院，完了会去酒吧，要不就去她的住处。我们只回过红狐酒吧一次，之后我们就打定主意再也不上那儿，而是去新的地方——她和哈利从没去过的地方。葬礼之后不久的一个星期天，我俩去了金门墓园，想在哈利的墓前放上一盆鲜花。但他们还没来得及给他的坟立碑，所以我们费了一个钟头寻找，结果还是没能找到那见鬼的坟。小朱迪思一边不断地从一座坟跑到另一座，一边叫喊："在这里！在这里！"可结果总是别人的。最后我们离开了，我俩都觉得相当沮丧。

八月份我们驾车南下洛杉矶，去瞧一眼游艇。那真是一件漂亮玩意儿。哈利的叔叔生前将它养护得极好，看管游艇的墨西哥小伙子托马斯说，就算开着它周游世界他也不会怕。小朱迪思和我只是看着游艇，然后彼此对望。事情比你预料的要好，这情形实在少有。一般来说往往相反。不过这艘游艇却正是这样——远胜于我们所能梦想的任何东西。回旧金山途中，我们就决定下个月来一次小小的航海旅行。所以在九月份，赶在劳动节周末之前，我们就起航了。

正如我所说，自从哈利死后，许多事情都有了变化。就连小朱迪思如今也已不在了，她离开的方式十分悲惨，叫我至今想不明白。应该是在下加利福尼亚海滨附近的海上出的事：连游泳都不会的小朱迪思，失踪了。我们估计她是夜里从船上跌进海里了。那么晚了，她上甲板做什么，又是什么原因让她掉下去，托马斯和我都不知道。我们只知道第二天一早她不见了，我们谁都没看见什么，也没听见她的叫喊。她就这样消失了。事实就是那样，确确实实，几天后，我们驶进瓜伊马斯港口时，我就是这么告诉警察的。我的妻子，我告诉他们——因为幸好就在离开旧金山前，我们结了婚。这原本是我们的蜜月之行。

我说过哈利死后，事情就变了。现在我在马萨特兰市，托马斯带我去看一些风景名胜。那些东西你绝对想象不出竟会在美国存在。我们的下一站是曼萨尼略，托马斯的家乡。之后是阿卡普尔科。我们打算继续走，直到把钱花完，然后靠港，打一阵工，再出航。我忽然想，我做的这些事，正是哈利想做的。可现在又有谁会去说那话呢？

有时，我想我生来就该是个流浪者。

野鸡

　　杰拉尔德·韦伯想说的都说完了。他默不作声开着车。雪莉·伦纳特刚开始并没瞌睡，主要是因为和他一段时间里单独相处的那份新奇。她放了好几盒磁带——克里斯泰尔·盖尔，查克·曼焦恩，威利·纳尔逊——后来到黎明时分，她开始调汽车收音机电台，从一个换到另一个，听国际新闻和本地新闻，天气预报和农事要闻，甚至还听了一个晨间的问答节目，关于抽大麻对哺乳期母亲的影响之类，有什么听什么，只要能填补这长时间的沉默。她抽着烟，越过大型汽车内的幽暗，不时看他一眼。在加利福尼亚州的圣路易斯－奥比斯波城和波特城之间，离她在卡梅尔的海滨夏屋一百五十英里的某个地方，她放弃了杰拉尔德·韦伯，将此视作一次投资败笔——她有过屡次败笔，她厌倦地想——接着就在车座上睡着了。

　　即使窗外风声呼啸，他还是能听到她不均匀的呼吸。

他关掉收音机，庆幸这份清静。半夜三更离开好莱坞，驱车三百英里，这是个错误，可这天夜里——再过两天就是他三十岁生日了——他感觉自己百般无聊，就提议他们开车去她的海滨夏屋待几天。那时已是晚上十点，他们还在喝着马提尼，不过已经挪到可以俯瞰全城的露台上了。"为什么不？"她说着，用一根手指搅了搅酒，朝凭栏而立的他望去。"我们走。我想这是整个礼拜里你提出的最好的点子。"她边说边舔去手指上的杜松子酒。

他收回看路的目光。她看上去不像睡着，倒像是不省人事，或受了重伤——仿佛从楼上掉了下来。她歪在座位里，一条腿压在身下，另一条悬在座位边，几乎垂地。她的裙子翻到了大腿上，露出了尼龙丝袜口和吊袜带，以及中间的一截皮肤。她的头搭在扶手上，张着嘴巴。

雨断断续续，下了一夜。眼下，就在天刚要亮起来时，雨停了，不过高速公路上仍是又湿又黑，他可以看见路两边广袤田野的低洼处积着的一汪汪水。他还不累。其实说来，他觉得还行。他很高兴有事可做。坐在方向盘后面，只管驾车，不用多想，这样就不错。

眼角余光瞥见那只野鸡时，他刚熄掉车头灯，放慢了车速。它从一个可能会撞上汽车的角度，迅速地低飞而来。他轻踩了一下刹车，接着便抓紧方向盘，加快车速。野鸡撞上左车头灯，发出"嘭"的一声巨响。它滚过挡风玻璃，跟着落下几根羽毛、一泡鸡屎。

"我的天！"他说，惊骇于自己的所为。

"出了什么事？"她说，费力地坐起身，瞪大眼睛，吓了一跳。

"我撞到了什么……一只野鸡。"他踩刹车时，能听见车灯碎玻璃掉落在地的叮当声。

他将车停在路肩，下了车。空气湿润清冷，他弯腰查看损坏情况时扣上了毛衣纽扣。车前灯全撞掉了，只剩下几片尖突的玻璃，他用发抖的手指试了试，想弄松并拔下它们。左侧挡泥板也被撞出一个小瘪坑。瘪坑的铁皮上有一小片血迹，几根棕灰色的鸟毛粘在血浆里。那是一只母野鸡，它撞上来的一瞬间，他看见了。

雪莉在车里凑向他所在的这边，按下车窗按钮。她仍然是半睡半醒的。"杰瑞[①]？"她唤他道。

"马上就好，你就待车上。"他说。

---

① 杰瑞（Gerry）是杰拉尔德（Gerald）的昵称。——编者注

"我又没要下车，"她说，"我只是想让你快点。"

他沿着路肩往回走。一辆卡车开过，溅起一片水雾，车隆隆驶过他身边时，司机从驾驶室里探出头看他。杰瑞在寒冷中耸起肩膀挡寒，沿路一直走到散落着碎玻璃的地方。他继续往前走，仔细留意着路边的湿草地，直到他看见了那只野鸡。他不敢去碰它，但盯着它看了一会儿；它身体扭曲，眼睛圆睁，尖喙上有一滴鲜亮的血。

他回到车里时，雪莉说："我不知道出了什么事。不过车被撞坏得厉害吗？"

"撞掉了一盏前车灯，挡泥板上撞了个小瘪坑。"他说。他回头看了一眼他们开过来的路，然后将车拐上了公路。

"撞死它了没？"她说，"我是说，肯定的，当然。我看它是没活路的。"

他看了她一眼，之后掉转目光看路。"那时我们的车速是一小时七十英里。"

"我睡了多久？"

看他没回答，她说："我头疼。我头很疼。我们离卡梅尔还有多远？"

"再开两小时。"他说。

"我想吃点东西，喝点咖啡。也许那样会叫我的头舒服些。"她说。

"到下个城镇我们就停一停。"他说。

她扭转后视镜，仔细看着自己的脸。她用手指在眼睛底下四处点了点。接着她打了个哈欠，打开收音机。她开始转动旋钮。

他还在想野鸡。事情来得很快，但他知道自己是有意去撞那野鸡的。"你对我究竟了解多少？"他说。

"你什么意思？"她说。她暂时停下拨弄收音机的手，靠回椅背上。

"我刚才说了，你对我究竟了解多少？"

"你的意思我一点儿都不明白。"

他说："就是，你对我究竟了解多少？我就只是想问这个。"

"一大早的，你问这个干吗？"

"我们只是在聊天。我只是问你到底了解我多少。我是不是，"——这话他该怎么说呢？——"比如说，我是不是可靠？你信任我吗？"他自己也不清楚要问什么，但他感觉自己快要爆发了。

"这很重要吗？"她说。她盯着他看。

他耸耸肩。"要是你不觉得重要，那我看就不重要。"他又把注意力转回路上。至少一开始，他想，是有点感情的。他们开始住在一起，一则她这么提议，二则他在太平洋帕利塞德区他朋友的寓所里举办的那个派对上遇见她时，他也正想要那种他想象她有可能提供给他的生活。她有钱，她有人脉。人脉比钱更重要。但同时拥有钱和人脉——那就所向披靡了。至于他，他刚从加州大学洛杉矶分校的研究生院毕业，学的是戏剧专业——这里满城不都是这等人吗——而且，除了在大学舞台上演过几出戏，他还没演过挣钱的角色。他还一贫如洗。她年长他十二岁，结婚离婚过两回，可她有点儿钱，她带着他出入各种派对，他在那里结识了一些人。因此他得到了几个演小角色的机会。他终于能说自己是个演员了，尽管他每年捞到的活儿都只能干一两个月。其余时间，在过去的三年里，他不是躺在雪莉的泳池边晒太阳，就是去派对，再不就是跟在她屁股后头东跑西跑。

"我这么来问你吧，"他继续说，"你认为我会不会这么做事，做出有悖于我自己最大利益的事？"

她瞅着他，用拇指指甲敲着牙齿。

"嗯？"他说。这话题会引向哪里，他还不清楚。但他一心要继续下去。

"嗯，嗯什么？"她说。

"你听见我说的了。"

"我看你会的，杰拉尔德。要是你在那时认为这对你足够重要，我看你是会的。好了，别再问我任何问题了，好吗？"

太阳出来了。云雾散去了。他看见沿路开始出现一些招牌，告诉路人前方小镇提供的各项服务设施。路上车辆也多起来了。两边湿漉漉的田野显得清新碧绿，在早晨的阳光下闪闪发光。

她抽着烟望着窗外。她琢磨着自己是不是该费神去换个话题。但她也烦起来了。这一切都令她生厌。她答应跟他一起来，真是太糟了。她该留在好莱坞才是。她看不惯那些没完没了地寻找自我的人，那些搞忧思反省那一套的人。

过了一会儿她说："看！看那儿。"她喊道。

他们左侧的田野里是一片片给农庄劳工住的活动临时房。临时房架在离地面两三英尺高的基座上，等着被拖去下一个地点。那里有大约二十五至三十栋这种活动房。它们被抬离地面，就那样搁在那里，因此有些面向公路，有些朝问别处。看上去就像发生了一场大动乱。

"你看。"他们疾驰而过时，她说。

"约翰·斯坦贝克，"他说，"斯坦贝克写过的。"

"什么？"她说，"噢，斯坦贝克。是的，没错。斯坦贝克。"

他眨眨眼睛，想象他看见了那只野鸡。他记得自己打算去撞它时，脚猛踩油门。他张嘴想说话，可找不到话说。他为自己突如其来要撞死那鸟的冲动——并且也付诸行动了——感到惊愕，同时也感到发自内心的触动和惭愧。他的手指僵在方向盘上。

"要是我告诉你我是故意杀死了那野鸡，是我想撞它的，你会怎么说？"

她漠然地盯着他看了一分钟。她什么话都没说。然后他心里明白了些什么。他后来想，一部分是出于她对他展现出的那种倦怠、冷漠的神情，一部分是出于他自己的心境。但他顿时明白自己不再有任何价值。没有参照物，他心里闪过这一词语。

"真的？"她说。

他点点头。"可能有危险。它可能会撞穿挡风玻璃。但还不止这些。"他说。

"我敢肯定还不止这些。要是你这么说，杰瑞。但这事并没叫我吃惊，要是你这么以为的话。我并不吃惊，"她说，"有关你的事，什么都不再会叫我吃惊了。这下你高兴了吧，不是吗？"

他们进入波特镇。他放慢车速，开始找他在路边招牌上看到的一家饭馆。他开进镇子的中心地区，再开过几条街，就找到了那家饭馆，拐上饭馆门前的沙地停车场。时间尚早。他慢慢地停下车，拉起手刹，饭馆里的人都扭头朝他们这边看过来。他拔下钥匙熄了火。他俩在座位上彼此转过身，四目相对。

"我不饿了，"她说，"你知道怎么着？你坏了我的胃口。"

"我坏了我自己的胃口。"他说。

她继续瞪着他。"你知道你最好做什么吗，杰拉尔德？你最好去做点事。"

"我会考虑去做点事。"他打开车门，下了车。他先是在车头前面弯下腰，查看撞碎了的车头灯和有瘪坑的挡泥板。然后他转到她那边，替她拉开车门。她迟疑了一下，接着下了车。

"钥匙，"她说，"请给我车钥匙。"

他觉得他们似乎在拍一场戏，这是第五或第六遍了。可接下来会发生什么还不清楚。突然之间，他感到疲惫深入骨髓，但同时也感觉自己情绪激动，爆发在即。他把钥匙递给她。她握起手，攥成拳头。

他说："我想我要说再见了，雪莉。但愿这样不会太夸张。"他们站在饭馆门前。"我要去试试让自己的生活走上正轨，"他说，"首先，找一份工作，一份正经的工作。一段时间里不谈任何朋友。好吗？别流眼泪，好吗？要是你愿意，我们还是朋友。我们有过好时光，对不对？"

"杰拉尔德，在我眼里你什么都不是，"雪莉说，"你是个混蛋。滚开吧，狗娘养的。"

当饭馆外的那个女人反手抽了那个男人一记耳光后，饭馆里的两名女服务生和几个穿着工装服的男人都凑到窗前来了。里面的人先是吃惊，接着便当一场好戏来看了。此刻在停车的地方，那女的指着公路，手指颤抖。非常戏剧性。可是男人已经抬脚走了。他头也不回。里面的人听不见女人说了什么，但他们觉得对这事他们猜得是八九不离十了，因为男人还在继续走着。

"天哪，她让他好看了，是不是？"其中一个女服务生抬高嗓门说，"他被一脚踹了，没错。"

"他不懂怎么对付女人，"一个目睹了一切的卡车司机说，"他该回来，结结实实揍她一顿才是。"

人都去哪了

　　我看见了些事儿。那天我想去我母亲处待几个晚上，可刚走到楼梯口，我一望，她正在沙发上亲一个男人。那时还是夏天，房门敞着，彩色电视机开着。

　　我母亲六十五岁，过得寂寞。她参加了一个单身俱乐部。即便如此，即便明白这一切，还是挺难接受。我站在楼梯口，一只手把着栏杆，看那个男人将她埋进吻的深处。那是个礼拜天，下午五点光景。公寓楼里的人都下楼去泳池了。我返身走下楼梯，走出大楼，走向我的车。

　　那天下午之后，发生了许多事，但总的来说，现在情况好些了。不过那段日子里，我母亲把自己送上门去给那些新搭上的男人，我丢了饭碗，酗酒，疯掉了。我的孩子们疯掉了，我老婆疯掉了，还跟那个她在戒酒会里搭上的失业的航空工程师有"一回事"。他也疯掉了。他名叫罗斯，有五六个孩子。他走路一瘸一拐，因为枪伤，来自他的第一任老婆。眼下他没有老婆，他想要我老婆。我不明白那段日子里我们大家都在想什么。他的第二任老婆来了又跑了，不过是他的第一任老婆在好几年前朝他大腿开枪，把他的腿弄瘸，如今又弄得他每隔六个月左右进出法庭或拘留所，因为没有如期支付抚养费。现在我希望他过得好。可那时不一样。那段日子里我不止一次提到武器。我会冲我老婆说，我会大声吼叫："我要宰了他！"但什么也没发生。日子踉踉跄跄、磕磕碰碰地过着。我从未与这男人见过面，但在电话上说过几次话。有一次我在搜我老婆的提包时还搜到他的两张照片。他是个小个子，并不算太矮，留着胡子，套一件条纹运动衫，正等着接一个滑下滑梯的小孩。另一张照片上，他站在一栋房子前——我家的房子？我说不上来——抱着双臂，西装笔挺，戴领带。罗斯，你他娘的狗崽子，我希望你现在过得去了。我希望你现在情况也好些了。

他上一次进拘留所，是那礼拜天之前的一个月，我从我女儿那里得知她母亲去保释他了。十五岁的女儿凯特并不比我更能接受这事。倒不是说她在这件事上对我有什么忠诚——她对我或对她母亲都没什么忠诚可言，巴不得卖掉我们当中的任意一个。不，实际上是因为家里有严重的现金流向问题，要是钱流到罗斯那里，流到她那里供她花费的就会少很多。所以罗斯上了她的名单。再说，她也不喜欢他的孩子们，她是这么说的，可她之前跟我提过一次，总的来说罗斯还行，碰上他不喝酒还挺有趣挺好玩。他甚至还给她算过命。

他靠修东西过日子，因为没保住航天业的工作。我从外面见过他家的房子，那地方看上去简直像个垃圾场，尽是再也不能洗、不能煮、不会响的各式各样的旧家电和设备——所有玩意儿统统堆在他的敞开式车库、车道和前院里。他在那里还放了几辆开不了的破车，他喜欢倒腾它们。在他们这段风流韵事的初期阶段，我老婆告诉我他"收集古董车"。那是她的原话。我开车路过那里想探个究竟时，曾看见过几辆停在他家房子前的车。二十世纪五六十年代的老车，车身坑坑瘪瘪，座椅套破烂不堪。一堆垃圾而已。我心里清楚。我有他的电话号码。我们倒是有不少共同之处，不仅仅是都开旧车，都想拼命抓住同一个女人。管他是不是个修理工，反正他没能把我老婆的车调好，我们家那台电视机失灵了，不出图像，他也没能修好。我们听得见声音，但看不见图像。倘若我们想知道新闻，晚上就得围坐在屏幕边上，听电视。我会喝点酒，跟孩子们阴阳怪气地损几句神修理先生。哪怕现在，我还是不清楚我老婆是不是相信那一套，古董车之类的。不过她顾念他，甚至爱他；现在这一点已经很清楚了。

辛西娅想戒酒，一礼拜里去三四次戒酒会，他们就那样认识了。我自己也是进进出出戒酒会有几个月了，只是当辛西娅遇见罗斯时，我又开始喝酒，每天花五分之一时间喝，能弄到什么就喝什么。我听见辛西娅在电话里跟人提到我，说我已经去过戒酒会，真到需要帮助的时候是知道往哪儿走的。罗斯去过戒酒会，又故态复萌喝了起来。我觉得，辛西娅也许认为他比我更有救，她想要帮他，她会去戒酒会以保持清醒，接着就上他家替他做饭，或是帮他打扫。在这方面，他的孩子没什么用。辛西娅在那里时，他家除了她，没人会动一根手指头。但他们越是不干活，他就越是喜欢他们。真是奇怪。我恰恰相反。这段日子里我讨厌我的孩子。我会躺在沙发上，手里一杯掺葡萄柚汁的伏特加，这时一个孩子放学回家来了，把门摔得砰砰响。有个下午，我大吼着跟我儿子干了一架。我威胁说要把他揍个稀烂，辛西娅不得不出来阻止。我说我要宰了他。我说："我要宰了你，眼睛都不会眨。"

疯狂。

孩子们——凯蒂和迈克——乐于利用这崩溃的局面。他们似乎是在对彼此和对我们的恐吓和霸凌中茁壮成长的——暴力和沮丧，一团混乱。现在回想起来，尽管时隔多日，也会让我对他们心生恼恨。我记得好些年前，在我开始终日酗酒之前，我读过某部小说里的一个非凡场景，小说是一个叫伊塔洛·斯韦沃的意大利人写的。叙事人的父亲奄奄一息，一家子围在他的床边，流着泪等着老头断气，这时他睁开眼睛，再看每个人最后一眼。这时他的目光落在叙事人脸上，他突然动了动，眼睛里有了某种东西，靠着最后的一口气，他坐起身，从床上扑过来，照他儿子脸上狠命甩过一记耳光。随后他倒回床上，死了。那段日子里，我经常想象自己的临终情景，我看见自己也这么做了，只不过我希望我的一口气够我对每个孩子都打上一记耳光，我对他们说的最后的话也是一个临终之人才敢说出口的话。

不过他们看出了全方位的疯狂，而那正中他们的下怀，对此我确信无疑。这是他们茁壮成长的养料。我们不断搞砸事情，他们就利用我们的愧疚发号施令，无法无天。他们有时也许会过得不容易，但他们有自己的一套。对这个家里不断发生的任何事，他们既不觉得难堪，也不觉得烦恼。恰恰相反。这倒给他们提供了与朋友聊天的谈资。我听见他们拿那些丑不堪言的事取悦他们的狐朋狗友，把我和他们母亲之间发生的不堪入耳的细节抖出去，然后嘻嘻哈哈乱笑。在金钱上，他们还要依靠辛西娅，她多少还有一份教书工作，每月进一张工资单，除此之外，这台戏他们想怎么唱就怎么唱。的确如此，这就是一台戏。

有一次，他母亲在罗斯那里过夜之后，迈克把她关在了门外……我不记得那天夜里我在哪儿了，大概在我母亲那里。我有时去那里过夜。我会和她一起吃晚饭，她会告诉我她如何为我们所有人牵肠挂肚；接着我们看电视，并试着聊些别的事，试着聊聊除了我的家庭状况之外的正常话题。她会在沙发上替我铺个床——她就是在这张沙发上面和人做爱的，我想，不过我照样睡在上面，并且心存感激。一天早晨七点，辛西娅回家来，想换上衣服去学校，发现迈克把所有的门窗都锁死了，不许她进门。她站在窗外，求他放她进屋——拜托，拜托，让她换好衣服上班去，要是她丢了饭碗怎么办？他会在哪里？我们每个人又会在哪里？他说："你已经不住这儿了，我为什么要放你进来？"这就是他对她说的话，他站在窗前，虎着脸，满面怒容。（这是她后来告诉我的，那时她喝醉了，而我很清醒，我握着她的手，由她。）"你不住这儿。"他说。

"拜托，拜托，拜托，迈克。"她乞求道，"放我进去。"

他一放她进屋，她就咒骂起来。他照她肩膀猛揍好几拳——嗵，嗵，嗵——接着又冲她脑袋打下去，结结实实揍了她一顿。最后她才得以换衣服，弄了弄脸，匆匆赶去学校。

这一切都发生在不久前，大概三年前。那段日子真是够折腾的。

我撇下我母亲和沙发上的那一个男人，开车转了一阵，不想回家，那天也不想去酒吧消磨时间。

辛西娅有时候会和我讨论一些事——我们称之为"局面评估"。不过极偶尔的情况下，我们会谈几句与"局面"

不相关的事。有天下午我们坐在客厅里，她说："怀着迈克那会儿，我难受得厉害，起不来床，你就抱我去上卫生间。你抱我去。除了你，没人会那么做，再也没人会那样爱我，那么爱我。我们曾经有过，无论如何。我们彼此相爱过，没有别人能比得上，也不会再那么爱一个人了。"

我们互相望着。也许彼此还碰了碰手。我不记得了。接着我就想到在我们那时正坐着的沙发的靠垫底下，我藏着半品脱威士忌或伏特加或杜松子酒或苏格兰威士忌或龙舌兰，我开始巴望她马上起身去别的地方——去厨房，去厕所，去清理车库。

"也许你可以煮点咖啡，"我说，"来一壶咖啡挺不错。"

"你要吃点什么吗？我可以做汤。"

"也许我可以吃点，不过咖啡是肯定要喝的。"

她去了厨房。我等着听见她拧开水龙头的声音。然后我伸手去靠垫底下摸瓶子，拧开瓶盖喝了起来。

在戒酒会我从不提这些事。戒酒会上我向来少言寡语。我会说"过"，在轮到你说话而你什么都不说，只说"今晚我先过，谢谢"。不过我会听，听到骇人听闻的事时会摇摇头哈哈笑，做个表示。通常去参加这些戒酒会时，我已经喝醉了。你害怕了，你需要的不光是速溶咖啡和小甜饼。

不过触及爱情和过去的那些话题少而又少。倘若我们谈话，我们讨论正经事，生存，一切的底线。钱。钱从哪里来？电话线就要被掐断，电灯和煤气也受到威胁。凯蒂怎么办，她需要衣服。她的成绩。她的那位男朋友是一名摩托帮的成员。迈克，迈克以后会怎样？我们大家会怎样？"上帝啊。"她说。可上帝不想和这些沾一点儿边。上帝撂下我们不管了。

我想让迈克去当兵，加入海军或海岸警卫队。他无可救药。危险人物一个。甚至连罗斯都认为当兵对他有好处，这是辛西娅告诉我的，她很不高兴听见他来告诉她这话。不过我倒是很高兴听见这话，发现我和罗斯在这件事上又达成了共识。在我看来，罗斯是有了点长进了。可这叫辛西娅恼火，因为尽管迈克有暴力倾向，有他这样的人在身边是够惨的，但她认为这只是个阶段问题，马上就会过去。她不想让他当兵。可罗斯告诉辛西娅，迈克就是当兵的料，他在军队里可以学会尊重别人，遵守规矩。这事是在某个清晨，罗斯与迈克在家外面的车道上进行了一场对决并被打趴在人行道上之后，罗斯跟她说的。

罗斯爱辛西娅，可他还有个二十二岁、名叫贝弗莉的女孩，她怀着他的孩子，尽管罗斯跟辛西娅信誓旦旦地说他爱的是她，而不是那个贝弗莉。他们都已经不一起睡觉了，他告诉辛西娅，可贝弗莉怀了他的孩子，他爱所有的孩子，包括还没生出来的，他不能就那么一脚踢掉她，是不是？他是哭着鼻子把这事告诉辛西娅的。他喝醉了。（那段日子里总有人喝醉。）我能想象那一幕。

罗斯从加州技工学院毕业后，直接进了美国国家航空航天局位于山景城的分部工作。他在那里干了十年，直到倒霉的事都落在他头上。就像我说过的那样，我从未与他见过面，但我们在电话上说过几回话，关于这样那样的事。我给他打过一回电话，那次我喝醉了，辛西娅和我正在争执某些悲伤的话题。他的一个孩子接了电话，等罗斯在电话那头时，我就问他要是我退出（当然，我是无意退出的，就是想骚扰骚扰他），他是否愿意养活我老婆和我们的孩子。他说他正在切一块烤肉，他就是这么说的，他们正要坐下来吃晚饭，他和他的孩子们。能不能晚点给我打回来？我挂断了电话。过了一个小时左右，他打回来，我已忘了先前的那通电话。辛西娅接的电话，"是"，然后又是一声"是"，我就知道是罗斯，他在问我是不是喝醉了。我夺过电话。"喂，你是养他们还是不养？"他说他对自己在整个事情中的角色感到抱歉，但是，不，他估计他养不了他们。"所以是'不'，你不能养他们。"我一边说，一边望着辛西娅，似乎这样就把所有事情都解决了。他说："是的，是'不'。"可辛西娅连眨都不眨一下眼睛。后来我才知道，那事他们已经完全彻底谈过了，所以没什么好惊讶的。她早已知道。

他是在三十五六岁时开始走下坡路的。我那时一捞着机会就取笑他。鉴于他那照片，我称他为"黄鼠狼"。"这就是你们的妈妈的男朋友的长相。"要是孩子们在边上，我们又聊着天，我就会这么对他们说。"像条黄鼠狼。"我们哈哈大笑。或"修理先生"。这是我的得意之作。上帝保佑你，眷顾你，罗斯。我现在已经一点儿都不记恨你了。可那段日子里，尽管我管他叫黄鼠狼或修理先生，还威胁要他的命，但他在我孩子们和辛西娅眼里仍然是一个落难英雄，我想，因为他曾帮着让人登上了月球。我不止一次地听到，他参加过登月计划的项目，与巴兹·奥尔德林和尼尔·阿姆斯特朗①是老朋友。他告诉辛西娅，辛西娅告诉了孩子们，孩子们又告诉了我，说要是这几位宇航员光临此地，他就会引见他们。可他们从没有来过，又或是他们来了，可忘了联络罗斯。登月探测项目后不久，命运之轮开始转动，罗斯酗酒的次数多了起来。他开始旷工。接着和他第一任老婆之间产生了问题。到最后，他开始把酒灌在一只保温杯里，揣着去上班。那里可是非常现代化的办公场所，我见识过——自助餐厅里排着队，高管有专用餐厅，诸如此类，每间办公室里都配有咖啡先生牌咖啡机。可他带着自己的保温杯去上班，不久大家就知道了，议论纷纷。他被炒了鱿鱼，或是他自己辞了职——我问过这问题，可没人能给我一个直截了当的答案。当然，他继续酗酒。这是很自然的。之后他就开始修理破电器，电视和汽车。他对占星术、命理和《易经》这一类的东西很感兴趣。我不否认他足够聪明，也有趣，还有点古怪，就像我们以前的很多朋友一样。我告诉辛西娅，倘若他不

---

① 巴兹·奥尔德林和尼尔·阿姆斯特朗在 1969 年执行登月任务阿波罗 1 号，共同登上月球。——编者注

是——总的来说——一个好人，她是不会在乎（我那时还无法让自己用"爱"这个字眼来形容那层关系）他的，这一点我敢肯定。"跟我们一样。"我是这么说的，想尽量显得大度。他不是坏蛋也不是恶棍，罗斯。"没有哪个是恶棍。"有一回我这么跟辛西娅说，那次我们在谈关于我的那档子风流事。

我爸是喝醉后在睡梦中死掉的，在八年前。那是个礼拜五的夜晚，他五十四岁。他从锯木厂下班回家，从冰柜里取了些肉肠出来，准备第二天当早餐，他在餐桌边坐下，打开一夸脱瓶装的"四玫瑰"波旁威士忌。那段日子他的心情不错，在患了败血症、失业三四年，以及其他的一些问题接受了几次电击治疗后，他很高兴自己又有了一份工作。（那时我已成家，住在另一座城市。我又要照顾孩子又要工作，自己的麻烦都顾不过来，没能太关注他。）那天晚上，他端着一瓶酒、一碗冰块和一只酒杯进了客厅，一边喝一边看电视，直到我母亲从咖啡店下班回家。

他们说了几句有关那威士忌的话。她自己不怎么喝酒。我长大之后，只在感恩节、圣诞节和新年里看见过她喝——蛋酒或奶油朗姆酒，且从不贪杯。有一回她喝多了，那是好些年前（我爸是当笑话说给我听的），他们去了尤里卡城外的一个地方，她喝了好多杯威士忌酸酒。就在他们坐进车里要离开时，她开始感到恶心想吐，不得不打开车门。不知怎么搞的，她的假牙掉了出来，汽车往前一滚，轮子碾过假牙。打那以后，除了节假日，她再也不喝酒，即便节日喝酒也不会多喝。

那个礼拜五晚上我爸继续喝着，尽量不理会我母亲，她就在厨房里坐着抽烟，想给她在小石城的姐姐写信。最后他站起来，上床睡觉去了。我母亲没过多久也上了床，那会儿她肯定他是熟睡着的。后来她说她没注意到有任何异样，只是他的呼吸声好像重了些，沉了些，她也没法让他侧过身。不过她接着就睡了。她醒来时，我爹的括约肌和膀胱都已松弛。日头刚升起。鸟儿啁啾。我爸仍然仰面躺着，闭着眼，张着嘴。我母亲望着他，哭喊着他的名字。

我继续开车乱转。天已经黑了。我把车开到自己家门口，所有的灯都亮着，可车道上却不见辛西娅的车。我去了常去喝酒的酒吧，从那里打电话回家。凯蒂接了电话，说母亲不在家，而我又在哪儿？她需要五美元。我嚷了几句，挂了电话。之后我打了个对方付费的电话给八百英里之外的一个女人，我已好几个月没见她了，她是个好女人，上次我见到她，她说她要为我祷告。

她接受了电话费用。她问我在哪里。她问我怎么样。"你没事儿吧？"她说。

我们聊了聊。我问起她丈夫。他曾是我的朋友，现在不与她和孩子们住一起了。

"他还在波特兰。"她说。"怎么这些事都叫我们给碰上了？"她问。"我们一开始都是好人。"我们又聊了一阵，之后她说她依旧爱我，她会继续为我祷告。

"为我祷告吧。"我说。"好的。"随后我们说了再见，挂掉了电话。

后来我又打电话回家，但这回没人接听。我又拨了我母亲家的电话。第一声铃响，她就接起，她的声音很谨慎，好像等着麻烦出现。

"是我，"我说，"抱歉打电话过去。"

"没事，没事，亲爱的，我没睡，"她说，"你在哪儿？没出什么事儿吧？我以为你今天会来。我找过你。你在家吗？"

"我不在家，"我说，"我刚给家里打过电话。"

"老肯今天来过这里，"她继续说，"老杂种。他今天下午过来的。我有一个月没见他，他就这么说来就来了，老东西。我不喜欢他。他只想谈论自己，吹嘘自己，说他怎样在关岛混，同时交三个女朋友，去这里那里到处旅行。他什么都不是，一个爱吹牛的老东西而已。我跟你说过舞会的事，我是在那里认识他的，可我不喜欢他。"

"我可以过去吗？"我说。

"亲爱的，你干吗不过来？我来做点东西我们一起吃。我自己也饿了。我从下午到现在都还没吃上饭呢。老肯下午带了些炸鸡。过来吧，我来炒几个鸡蛋。你要不要我来接你？亲爱的，你没事儿吧？"

我开车过去。进门时，她亲了亲我。我别过脸。我不想让她闻到伏特加的味道。电视开着。

"洗手去，"她打量着我说，"饭好了。"

后来她在沙发上替我铺了个床。我去了卫生间。她在那里留了一套我爸的睡衣裤。我把它们从抽屉里取出来，看了看，接着开始脱衣服。我走出来时，她在厨房里。我把枕头放好，躺下来。她忙完手上的活，关掉厨房灯，在沙发一边坐下。

"亲爱的，我不想由我来告诉你这个，"她说，"告诉你这个叫我心痛，可孩子们都知道，他们已经告诉我了。我们谈过。辛西娅在外面有了男人。"

"没关系。"我说。"我知道。"我说，眼睛盯着电视。"他叫罗斯，是个酒鬼。他跟我一样。"

"亲爱的，你得替自己想想办法。"她说。

"我知道。"我说，继续盯着电视。

她靠过来拥抱我。她抱了我片刻。随后她放开我，抹了抹眼睛。"明天早上我来叫醒你。"她说。

"我明天没什么事要做。等你走了，我也许会再睡一会儿。"我心想：等你起床，等你用完卫生间，穿戴完毕，我就到你床上去，躺在那里打瞌睡，听你放在厨房里的收音机播报新闻和天气。

"亲爱的，我非常担心你。"

"别担心。"我说。我摇摇头。

"现在你休息吧，"她说，"你需要睡觉。"

"我会睡的。我已经很困了。"

"电视你想看多久就多久。"她说。

我点点头。

她俯下身来亲我。她嘴唇似乎有点瘀肿。她替我盖好毯子。随后她就去自己卧室了。她没关门，过了片刻，我就听见她打起了呼噜。

我躺在那里，看着电视发愣。屏幕上显示着一群穿制服的男人，含糊不清的低语，接着是坦克，一个男人手持火焰枪扫射。我听不见声音，可我不想起身。我一直盯着电视看，直到我感觉自己的眼皮合上。但我猛地一下又惊醒，睡衣裤湿湿的都是汗。房间被雪白的光照亮。一声巨响当头而来。房间里一片吵闹声。我躺在那里。我一动不动。

家门口就有这么多的水

1

我丈夫胃口不错地吃着东西，但看上去很累，且烦躁。他胳膊趴在桌上，慢吞吞地咀嚼，盯着房间那边的什么东西。他看了我一眼，又掉转目光，用餐巾抹了一把嘴。他耸耸肩，又继续吃起来。我们之间有了事，尽管他不想这么认为。

"你老盯着我干吗？"他问，"怎么了？"他说着放下叉子。

"我盯着你了？"我说，我呆呆地摇摇头，呆呆地。

电话响起来。"别接。"他说。

"可能是你母亲，"我说，"迪安——可能是迪安的什么事。"

"去瞧瞧吧。"他说。

我接起听筒，听了片刻。他停住没吃东西。我咬住嘴唇，挂断了电话。

"我怎么跟你说的？"他说。他又开始吃，然后将餐巾往他的餐盘上一扔。"妈的，人为什么不能少管点闲事？告诉我我犯了什么错，我倒要听听！不公平。她已经死了，是不是？除了我以外，还有另外几个男的。这事我们商量过了，大家一起决定的。我们才刚到那儿。我们走了好几个钟头的路。我们没法掉头就走，我们离汽车可是有五英里远啊。那天是第一天。活见鬼，我看不出有什么错。不，我看不出。别那么看着我，听见没有？还轮不到你来评判我。你不配。"

"你知道的。"我说着摇了摇头。

"我知道什么，克莱尔？告诉我。告诉我我知道什么。我什么都不知道，除了一样，你最好别小题大做。"他用自以为颇有意味的眼神横了我一眼。"她已经死了，死了，死了，你听见没有？"过了片刻他说，"真他妈的遗憾，我同意。她是个年轻女孩，真叫人遗憾，我很难受，旁人有多难受我就有多难受，可她已经死了，克莱尔，死了。现在咱们别提它了。求你，克莱尔，咱们现在别提它。"

"问题就在这里，"我说，"她是死了——可你没看见吗？她需要帮助。"

"我投降。"他说着举起两只手来。他从桌边推开自己的椅子，拿上烟去了露台，还带走一罐啤酒。他在那里来回踱了片刻，然后坐进一把草坪躺椅，又拿起了那份报纸。他的名字登在头版上，一起见报的还有他几个朋友的名字，是"发现惨状"的那帮人。

我撑着沥水板，闭上眼睛。我一定不能再沉湎于这件事。我一定要忘掉它，不去看它，不去想它，等等，"接着过日子"。我睁开眼睛。不管怎样，尽管将来怎样我心知肚明，我还是伸出胳膊扫过沥水板，杯子盘子碎落一地。

他没动。我知道他听见了，他抬起头，像是在听的样子，不过他没动也没回头看一眼。我恨他这样，恨他不为所动。他等了一会儿，吸了口烟，靠回椅子上。我可怜他竖起耳朵听，可怜他的漠然，可怜他就这样靠回椅子上，还抽着烟。风把烟雾从他嘴里带出来，细细一溜。我为什么要留意这个呢？他永远不会知道我有多可怜他，可怜他不为所动地坐着、听着，由着烟从他嘴巴里缭绕出来……

上个星期天，也就是阵亡将士纪念日①那个周末的前一周，他计划要去山里钓鱼。他和戈登·约翰逊、梅尔·多恩、弗恩·威廉姆斯。他们一起玩纸牌、打保龄球、钓鱼。他们每年春天和初夏都一起钓鱼，就是钓鱼季的前两三个月，在家庭度假、少年棒球赛季和走亲访友这些可能造成干扰的事项之前。他们都是正经人，顾家，工作负责。他们都有儿女，他们的孩子和我们的儿子迪安一块儿上学。星期五下午，这四个男人出发去纳切斯河钓三天鱼。他们把车停在山里，跋涉好几英里，到达他们想垂钓的地方。他们带着睡袋、食物和炊具，他们的纸牌，他们的威士忌。刚到河畔的第一个傍晚，连帐篷都还没来得及搭好，梅尔·多恩就发现这女孩脸朝下漂在河里，赤裸着，被几根树枝卡在河道离岸边不远的位置。他呼喊另外几个人，他们都过来看她。他们商量该怎么办。其中一人——斯图亚特没说是谁——或许是弗恩·威廉姆斯，一个大块头，总是笑呵呵的，很随和——认为他们应当马上

---

① 每年五月的最后一个星期一为美国的阵亡将士纪念日，以悼念在战争中牺牲的美军官兵。

264

赶回汽车那里。其他人则用鞋踢着沙子，说他们倾向于留下来。理由是累了，是时间已晚，是女孩事实上"哪里也去不了"。最终他们一致决定留下不走。他们动手搭起帐篷，点上篝火，喝起威士忌。他们喝了很多很多威士忌，喝着喝着月亮升了上来，他们聊起了那个女孩。有人认为他们该干些什么以防女孩漂走。不知怎的，他们觉得要是她夜里漂走了，或许会给他们惹来麻烦。他们拿了手电筒，一脚高一脚低地下到河里。起风了，一阵冷风，水浪一波波轻拍着沙堤。其中一个男人，我不清楚是谁，也许是斯图亚特，他是会那么干的——蹚入河中，用手指去抓她、拖她，把她面朝下地拖往河岸，拖到浅水地带，然后拿出一根尼龙绳，一端在她手腕绕牢系紧，另一端拴在一个树根上，与此同时，其他男人用手电筒在女孩身体上乱照。之后，他们回到扎营地，灌下更多威士忌。接着他们就去睡了。第二天一早，星期六，他们做了早餐，喝了很多咖啡，又喝了很多威士忌，然后分头去钓鱼，两个去上游，两个守下游。

那天夜里，他们拿钓到的鱼和土豆一起煮，喝了更多咖啡和威士忌，他们把餐具拿到河边，在离那女孩才几码的水里，清洗。之后他们又喝了酒，摆出纸牌，边打牌边喝酒，直到他们再也看不清牌面。弗恩·威廉姆斯去睡了，另外几个讲起了黄色故事，讲自己从前干过的下流或不忠的荒唐事，谁都没提那女孩，直到戈登·约翰逊一时忘了，出口评价他们钓到的鳟鱼肉质僵硬，河里的水也冷得骇人。他们不再说话，只顾埋头喝酒，喝到其中一人被手提灯绊倒，破口大骂，他们这才各自爬进睡袋。

次日早晨他们睡到很晚，又灌了更多威士忌，还钓了一小会儿鱼，一边钓鱼一边继续喝酒，到下午一点钟，星期天，比他们的计划提早一天，他们决定走人。他们拆下营帐，卷起睡袋，收拾锅碗炊具、钓到的鱼和渔具，徒步离开。离开前，他们再没看那女孩一眼。他们走到汽车那儿，他们驶上高速公路，一路无话，直到看见一个有电话的地方。报警电话是斯图亚特打的，其他人顶着火辣辣的太阳，围在边上听。他把他们几个人的姓名一一报给电话那头的人——他们没什么好隐瞒的，他们一点也不惭愧——他们同意在加油站等人过来，以便来人从他们这儿得到更具体的方位路线，听取他们的个人陈述。

那天夜里他十一点才到家。我已睡着，可听见他在厨房里的动静，醒了。我见他倚着冰箱喝一罐啤酒。他抬起沉重的臂膀环住我，手一上一下揉着我的背，就是那双跟他两天前离开时同样的手，我当时想。

在床上，他又将手放在我身上，等待着，像在想其他什么事情。我略微转身，挪了挪腿。之后，我知道他很久都无法入睡，因为我睡着时他还醒着；再后来，我有一会儿睡得不安稳，听见轻微的响动，是床单的沙沙声，便睁开眼睛。外面天快亮了，鸟儿啼啭，他正躺着抽烟，望着拉上窗帘的窗户。睡意迷蒙里，我唤了一声他名字，但他没应声。我又睡了过去。

那天早晨，我还没起床他就已经起来了，查看报纸上有没有关于那起事件的报道，我估计。八点没过多久，电话就响起来。

"见鬼去吧。"我听见他冲听筒吼道。电话不一会儿又响了，我匆忙走进厨房。"我跟警长都已说过，再没什么要补充的。没错！"他摔下电话听筒。

"怎么回事？"我说，警觉起来。

"坐下吧。"他慢吞吞地说。他手指在自己的胡茬上挠啊挠的。"我得跟你说件事。我们钓鱼时碰上了一件事。"

我们在桌边面对面坐下，他告诉了我。

他讲的时候，我一边喝咖啡，一边盯着他看。我读了他从桌对面推过来的报纸……一名无法确认身份的女孩，十八至二十四岁……尸体已在水中三到五日……动机可能是强奸……初调结果显示乃勒杀……她的乳房与骨盆处有刀伤和瘀伤……验尸……强奸，有待进一步调查。

"你得明白，"他说，"别这副样子看着我。你现在当心点，我说认真的。放轻松，克莱尔。"

"昨晚你为什么不告诉我？"我问。

"我就是……没有。你什么意思？"他说。

"你明白我什么意思。"我说。我看着他的手，厚实的手指，指关节上覆着汗毛，正动着，点上一支烟，那手指，昨夜曾落在我肌肤上，进入我体内。

他耸耸肩。"这又有什么区别，昨天夜里，今天早晨？那时很晚了。看你上下眼皮直打架，我想还是等今天早晨再告诉你。"他朝露台望过去：一只知更鸟从草坪飞上野餐桌，用喙整理自己的羽毛。

"那不是真的，"我说，"你没有就那样把她留在那里吧？"

他飞快转过头说："我该怎么办？现在你给我好好听着，最后一次。什么事都没发生。我扪心无愧，无疚。你听见没有？"

我从桌边站起，去了迪安的房间。他醒了，穿着睡衣在玩拼图。我帮他找出他的衣服，然后回到厨房，把他的早餐端到桌上。电话响了两三回，斯图亚特每次说的话都很生硬，挂断时相当愠怒。他打电话给梅尔·多恩和戈登·约翰逊，跟他们说话时很慢、很严肃。后来，迪安吃早餐时，他打开一罐啤酒，抽起烟，问起他的学校、他的朋友，诸如此类，就像什么事都没发生过一样。

迪安想知道他出门都干了些什么，斯图亚特就从冷冻柜里拿出几尾鱼给他看。

"我今天带他去你母亲家过一天。"我说。

"没问题。"斯图亚特说着望向迪安，孩子正拿着一尾冻住的鳟鱼，"要是你想，他也想，那就去。你并不是非去不可，你知道。没什么不对头的事。"

"反正我想。"我说。

"去那儿我可以游泳吗？"迪安问，手指在裤子上擦了擦。

"我想可以，"我说，"今天挺暖和，那就带上你的泳裤，我肯定奶奶会同意的。"

斯图亚特又点了一支烟，看着我们。

我带迪安开车穿过市区，来到斯图亚特母亲那里。她住在一栋带泳池和桑拿浴室的公寓楼里。她名叫凯瑟琳·凯恩。她的姓，凯恩，和我一样，有些不可思议。斯图亚特告诉我，早年她的朋友都叫她"凯蒂"[①]。她是个高挑、冷漠的女人，一头白金发。她给我的感觉是她无时无刻不在评判别人，总在评判。我低声向她简单解释出了什么事（她还没看报纸），并保证傍晚来接迪安。"他带了泳裤，"我说，"我和斯图亚特得讨论些事。"我含糊其词地说。她从眼镜上方定定地注视我，随后点点头，转向迪安说："你可好，我的小男子汉？"她弯下腰，伸出双臂搂住他。我开门正要离去，她又朝我投来一眼。她总这样，看我一眼却什么也不说。

我回到家时，斯图亚特正在桌边吃东西，喝啤酒……

过了一阵，我扫掉地上的碎碗碟、玻璃碴，走到屋外。斯图亚特仰面躺在草坪上，报纸和啤酒都在手边，

---

① 英文中此昵称与"candy"（糖果）谐音。

他望着天空发愣。微风习习，但暖和了起来，还有一声声鸟啼。

"斯图亚特，我们能不能开车出去转转？"我说，"什么地方都行。"

他转过来望着我，点点头。"我们顺道买点啤酒，"他说，"我希望对这事你感觉好过些了。尽量理解一下吧，我只求你这个。"他站起来，经过我身边时摸摸我臀部。"给我一分钟，我马上就好。"

我们开车穿过市区，没有说话。开入乡下之前，他在一个路边小店买了啤酒。我注意到进门处码着一大摞报纸。最上面的那级台阶上，有个穿印花连衣裙的胖妇人拿着根甘草棒糖递给一个小女孩。车开了几分钟，我们越过爱弗森溪，拐进离溪水才几步路的野餐区。溪水从桥下流过，汇入几百码外的一片大池塘。池塘岸边的柳树下，零零星星分散着十几个男人和男孩，在垂钓。

家门口就有这么多的水，他干吗非得走那么远去钓鱼呢？

"那么多地方，你干吗非得去那里？"我说。

"纳切斯河？我们一直去那里。每年至少去一次。"我们坐在阳光下的一张条椅上，他打开两罐啤酒，递给我一罐。"我他妈的怎么知道会碰上这种事？"他摇摇头，又耸耸肩，就好像这事全发生在好些年前，或发生在别人身上，"享受享受这个下午，克莱尔。瞧这天气。"

"他们说他们是无辜的。"

"谁？你在说什么？"

"马多克斯兄弟。他们杀了一个叫阿琳·哈伯莉的女孩，就在我长大的城市附近，割下她的头，把她扔进克莱·爱鲁姆河。她和我上的是同一所高中。那件事发生时，我还是个小女孩。"

"真他妈的在想什么啊，"他说，"得啦，别想了。你快要把我惹火了。这下怎么样，克莱尔？"

我望着溪流。我往池塘漂去，面朝下，眼睛圆睁，盯着溪水底部的岩石和苔藓，直到我被冲进池塘，微风推送着我。什么都不会变。我们会继续过下去，过下去，过下去。甚至眼下，我们也会继续过下去，就好像什么都没发生过。我隔着野餐桌死盯着他，直盯得他的脸阴沉下来。

"我不明白你这是怎么搞的，"他说，"我没——"

我掴了他一个耳光，在我意识到之前。我举起手，只迟疑了一瞬，就照他脸狠狠抽去。这是疯了啊，抽他脸时，我想。我们需要十指相扣。我们需要彼此帮助。这是疯了啊。

没等我再抽过去，他一把揪住我的手腕，举起他自己的一只手。我低头，等着，见他眼睛里有东西一闪，又陡然消失了。他垂下自己的手。我漂浮在池塘里，一圈圈越转越快。

"行了，上车吧，"他说，"我送你回家。"

"不，不。"我说着后退几步。

"快，"他说，"该死的。"

"你这样对我不公平。"后来他在车上说。田野、树木和农舍在窗外倏忽而过。"你这样是不公平的。对你对我都不公平。对迪安也不，我该加一句。替迪安想一想。替我想想。设身处地，替除你以外的人想想。"

此刻我对他没什么好说的。他试图集中注意力看路开车，但他不断瞄向后视镜。他拿眼角余光，越过车座，朝我盘腿坐着的地方扫过来。阳光在我的手臂和半边脸上火辣辣燃烧。他一边开车一边又打开一罐啤酒，喝了起来，随后将啤酒罐夹在两腿之间，叹了口气。他是懂的。我可能会当面耻笑他，我可能会哭鼻子。

2

今早，斯图亚特认为他是在让我睡觉。其实闹钟响之前我就已经醒了，在想事，躺在床的一边，远远躲开他多毛的腿和他沉睡着的粗手指。他先打点迪安去上学，随后他刮脸、更衣，很快自己也去上班了。他来卧室探看了两回，还清了清嗓子，我一直闭着眼。

我在厨房里发现了一张他留下的纸条，落款处签着"爱"。我在阳光充足的早餐间坐下，端起咖啡，杯子在纸条上印下一圈咖啡渍。电话已不再响，这倒是件好事。从昨夜开始就再没电话打来了，我望着报纸，在桌上把它颠来倒去。然后我将它拉到跟前，看看报纸上是怎么说的。尸体至今尚未确认身份，无人认领，显然无人报告失踪。但是过去二十四小时人们一直在对尸体做检查，放东西进去，剖开，称量，复原，缝合，寻找死亡的确切原因和精准时间，寻找强奸的证据。我确信他们希望是强奸案。强奸会使这个案件更容易理解。报纸上说，她将被送去凯斯兄弟殡仪馆，待下一步安排。望知情人站出来提供消息，等等。

有两件事情是肯定的：其一，人们不再关心发生在别人身上的事情；其二，没有任何事情会带来真正的变化。看看已经发生的吧。然而，对我和斯图亚特来说，什么都不会变。真正的变化，我是说。我们会变老，我们俩都会，比如早晨当我们同时使用卫生间时，你已经能从卫生间镜中我们的脸上看出来了。我们身边某些事会变，变得更容易或更艰难，这件事也罢，那件事也罢，但没有一件事会带来根本性的不同。我相信是那样的。我们的决定已做出，我们的人生已在运行，它们会不停地走，直至停止。如果这是事实，那又能怎样？我是说，如果你相信是那样，可你又一直掩盖着事实，直到有天发生了应该导致改变的一件事，然而你却发现最终什么都不会改变。那又能怎样？你身边的人继续原样说话和行动，似乎你和昨天的你、昨夜的你，五分钟前的你都是同一个人，可实际上，你正在经历一次崩溃，你感觉心灵遭受了毁坏……

过去是模糊的。早年岁月好像蒙上了一层阴翳。我甚至拿不准自己记忆中的事情是否确实在我身上发生过。从前有个女孩，她有父有母——父亲开一家小咖啡馆，母亲身兼服务员和收银员——女孩就像在梦中一样，度过了她的小学、中学，又过了一两年进入一所秘书学校。后来，过了很久之后——中间那段日子发生了什么？——她到了另一座城市，在一家电子零件公司当前台，与其中一名工程师熟悉起来，他约她出去。她看懂了他的意图，可她最终任他引诱。她当时有种直觉，对那引诱有所洞察，可后来尽管努力回忆，她却想不起来了。不久后，他们决定结婚，可过去，她的过去，正在被遗忘。而她无法想象将来。想到未来时，她会轻轻一笑，像是藏了个秘密。婚后五年左右，他们大吵过一次，为什么而吵她现在不记得了，他告诉她，总有一天这段关系（他的用词："这段关系"）会以暴力收场。这话她倒是记得。她把这句话存了档，开始时不时大声重复它。有时，她可以整个早晨跪在车库后的沙箱那儿，陪迪安和他的一两个小伙伴玩耍。然而每到下午四点钟，她就开始头痛。她托着前额，痛得晕头转向。斯图亚特要她去看医生，她就去了，因医生殷切的照拂而心中窃喜。她离开家，去医生建议的地方待了一阵子。他母亲从俄亥俄州匆忙赶来照料孩子。可是她，克莱尔，克莱尔毁了一切，几星期后又回到家中。他母亲搬了出去，在城市那头租了公寓，驻扎下来，好像在等着什么。一天夜里，他们俩躺在床上，都快睡着了，克莱尔告诉他自己在诊所听见几个女病人议论口交的事。她想这事儿他大概会乐意听一听。斯图亚特听得挺高兴。他抚摸她的胳膊。事情会好起来的，他说。对他们俩来说，从今往后事都会不同的，会越变越好。他升了职，薪水也因此大涨。他们甚至有钱添了第二辆车，一辆旅行车，她的车。他们要好好活在此刻，活在当下。他说这么些年来他第一次感觉能松口气了。在黑暗里，他不断抚摸她的胳膊……他继续定期打保龄球、玩牌，跟他的三个朋友一起去钓鱼。

这天晚上发生了三件事：迪安说学校里的朋友告诉他，他父亲在河里发现了一具死尸。他想知道这是怎么回事。

斯图亚特三言两语做了解释，省略了大部分内容，只是说，没错，他和另外三人在钓鱼时发现了一具尸体。

"是什么样的尸体？"迪安问，"是个女孩吗？"

"是的，是个女孩。一个女人。然后我们就给警长打了电话。"斯图亚特看着我。

"他说了什么呢？"迪安问。

"他说他会去处理的。"

"它看上去什么样？吓人吗？"

"说得够多了，"我说，"去洗洗你的盘子，迪安，然后你可以走了。"

"可它看上去是什么样呢？"他坚持问道，"我想知道。"

"你听见我的话了，"我说，"你听见我的话没，迪安？迪安！"我想晃他。我想晃他直到把他晃哭。

"照你妈说的去做，"斯图亚特轻声对他说，"只是一具尸体，就这些。"

我收拾桌子时，斯图亚特从背后走上来，摸我的胳膊。他的手指灼人。我一惊，差点摔碎一个盘子。

"你怎么了？"他说着垂下手，"告诉我，克莱尔，怎么回事？"

"你吓我一跳。"我说。

"我说的正是这个。我碰你一下应该不至于把你吓得灵魂出窍。"他站在我跟前，似笑非笑地咧着嘴，想要截住我的目光，随后他伸出胳膊揽住我的腰。他用另一只手抓住我空着的那只手，将它放在他的裤子前。

"求你了，斯图亚特。"我脱开身，他后退一步，打了个响指。

"见它的鬼，得了，"他说，"你要是想那样就那样。但记住了。"

"记住什么？"我飞快回道。我屏住呼吸，瞪着他。

他耸耸肩。"没什么，没什么。"他说着把指关节摁得咔咔响。

第二件事，是那天晚上我们看电视时，他坐在他那可仰躺的皮扶手椅里，我拥着一条毛毯坐在长沙发上，手里一份杂志，屋里静悄悄的，除了电视声，一个声音切入正在播放的节目，说被谋杀的女孩身份已验明。接下来十一点的新闻将会进行详细报道。

我们对望了一眼。几分钟后，他站起来说要去弄一杯睡前酒。问我要不要来一杯。

"不要。"我说。

"我并不在意自己独饮，"他说，"只是想问一问而已。"

我看得出他隐约受了挫，我移开视线，感到既羞耻又愤怒。

他在厨房磨蹭了很久，新闻开始时他端着酒回来了。

播音员又重复了四位本地垂钓者发现尸体的事情，接着电视上出现那女孩的一张高中毕业照，深色头发，圆脸，饱满且带着笑意的嘴唇。之后是女孩父母进入殡仪馆确认的镜头。他们神情迷茫、悲恸，他们拖着脚步迟缓地从人行道走上前门台阶，一个身穿深色西服的男子正扶门迎候。接着，似乎只过了一秒钟，似乎他们刚踏进门就立马转身出来了，镜头里同一对夫妻离开了建筑，那个妇人流着泪，用手帕掩面，那个男人只是驻足片刻，对一名记者说："是她，是苏珊。此刻我什么话都说不出来。我希望他们在凶手再犯前将其抓获归案。这等暴力……"他在电视镜头前颓然地比画着。接着那男人和妇人就上了辆旧车，汇入暮色中的车流。

　　播音员继续报道称，女孩苏珊·米勒，在萨米特——从我们这儿往北一百二十英里的一座小镇——一家电影院当收银员，那天她下了班。一辆绿色最新款汽车开到电影院门前停下，据目击者称，女孩似乎已等在那里，她走过去，上了车，这导致警方怀疑车里是她的朋友或至少是熟人。警方想要与绿车车主谈一谈。

　　斯图亚特清清嗓子，往扶手椅上一靠，啜起酒来。

第三件事发生在新闻播完后，斯图亚特伸起懒腰，打着呵欠，望着我。我站起来，开始给自己在沙发上搭床铺被。

"你这是在干什么？"他说，一副不解的样子。

"我不困，"我说，避开他的目光，"我想晚点睡，读些东西直到我睡着。"

他瞪着眼看我在沙发上铺开床单。我去拿枕头时，他站在卧室门口，挡住了道。

"我再问你一遍，"他说，"你他妈的以为自己能达到什么目的？"

"今晚我想一个人待着，"我说，"我需要些时间想想。"

他呼出一口气来。"我想你这么干是要铸成大错的。我想你最好再想想你这是在干什么。克莱尔？"

我无从回答。我不知道我想说什么。我转过身开始把毯子边往里掖。他瞪了我片刻，然后耸起双肩。"好自为之吧，那就。随你干什么，我他妈不在乎。"说着，他转过身沿走廊走了，一边走一边挠脖子。

这天早晨，我从报纸上读到苏珊·米勒的葬礼将于次日下午两点，在萨米特的松林小教堂举行。另外警察已从三名看见她坐上绿色雪佛兰汽车的目击者那里获取了证词。然而他们仍未查明那辆车的车牌号。调查尚在进行之中，但他们离破案很近了。我捏着报纸坐了良久，想着，然后我打电话预约了理发师。

我坐在吹风机下，膝上搁着一份杂志，由米莉替我修指甲。

"明天我要参加一场葬礼。"我们就一个已不在那里上班的女孩聊了几句后，我说。

米莉抬眼看看我，又专注于我的手指。"我很遗憾，凯恩太太。我很是遗憾。"

"是个年轻女孩的葬礼。"我说。

"这是最糟糕的了。我还是小姑娘时，我的姐姐去世了，哪怕到了今天，这事我还是过意不去。谁走了呢？"她顿了顿说。

"一个女孩。我们并不太熟，你知道，可还是。"

"太糟了。我很是遗憾。不过我们会将你打扮妥当的，放心吧。看看这怎样？"

"看起来……挺好。米莉，你有没有希望过自己是别人，或谁都不是，什么都不是，根本什么都不是？"

她看着我。"我不能说我可没那么想过，是的。不，如果我是另外一个人，我怕是大概不会喜欢本来的我了。"她握着我的手指，似乎想了一会儿什么，"我说不上来，我真说不上来……请把另一只手给我，凯恩太太。"

那天夜里十一点钟，我又在沙发上铺好床，这次斯图亚特只是看了我一眼，卷卷舌头，就穿过走廊去了卧室。夜里我醒了，听到风直吹得院门往栅栏猛撞。我不想醒来，闭上眼睛躺了很久。最后我爬起身，抱着枕头向走廊走去。卧室灯光大亮，斯图亚特仰头平躺着，嘴巴大张，呼吸粗重。我进了迪安的房间，爬上他的床。他在睡梦里挪了挪给我腾出地方。我躺了片刻，随后抱住他，我的脸紧贴他的头发。

"怎么了，妈妈？"他说。

"没什么，亲爱的。继续睡。没什么，没事。"

听见斯图亚特的闹钟响我就起了床，他刮胡子时，我煮上咖啡，准备早餐。

他在厨房门口露了脸，赤裸的肩上搭了条毛巾，打量着。

"咖啡在这里，"我说，"鸡蛋马上就好。"

他点点头。

我叫醒迪安，我们三人吃早餐。斯图亚特看了我一两回，似乎想说什么，可每次我都转头问迪安要不要再加点牛奶、添片吐司什么的。

"我今天会打电话给你。"斯图亚特开门时说。

"我想我今天不在家，"我立刻答道，"我今天有许多事要办。事实上或许晚饭我也赶不上。"

"好吧，当然。"他把公文包从一只手换到另一只手，"也许我们今晚可以出去吃？你觉得怎么样？"他一直看着我。他已忘了女孩的事了。"你……没事吧？"

我过去替他理了理领带，然后垂下手。他想跟我吻别。我后退一步。"那就祝你今天过得愉快。"他最后说。他转身沿小道向他的车走去。

我仔细打扮起来。我戴上一顶几年没戴过的帽子，照了照镜子。我又拿掉帽子，化上淡妆，给迪安留了张便条。

　　亲爱的，妈咪下午有事，不过晚点会回家。你要待在家里或后院，直到我或你爸回家来。

　　　　　　　　　　　　　　　　　　　　　　爱

我看着这"爱"字，随后在下面画了一条线。写便条时，我注意到自己不知道后院是一个单词还是两个。以前我从未细想过这个。我想了想，在当中加了条横线，把它变成两个单词。

　　我停车加油，顺道打听去萨米特的路线。巴里，一个四十岁、留小胡子的修理工，走出卫生间，倚在车前挡泥板上，另一个伙计路易斯，将输油管接入油箱，然后慢悠悠地开始擦洗挡风玻璃。

　　"萨米特，"巴里望着我说，伸出一根手指往两边顺了顺胡子，"去萨米特没有最佳路线，凯恩太太。单程就要花两到两个半小时。要翻过山。对女士来说，开这条道够呛。萨米特？去萨米特干吗，凯恩太太？"

　　"我有事要办。"我说，略有些不自在。路易斯走开去服务另一辆车了。

　　"哎。嗯，要不是我那里一堆杂事脱不开身，"——他翘起拇指往工作间指了指——"我会提议开车送你过去再接你回来。路不是那么好。我是说路还过得去，就是有许多弯道什么的。"

"我没事。谢谢你。"他靠着挡泥板。我打开手提包时能感觉到他的视线。

巴里接过信用卡。"别开夜路,"他说,"一条不怎么好的路,就像我说的。我倒愿意打赌这车不会因此出什么问题,我了解这车,可爆胎这类事,你是永远说不准的。保险起见,我最好来检查下轮胎。"他用鞋踢了踢一只前胎,"我们把它抬起来一下。用不了多长时间。"

"不用,不用,没关系。真的,我不能再耽搁了。我看轮胎挺好的。"

"就一分钟,"他说,"为了安全。"

"我说了不用。不用!我看它们挺好的。我得走了,巴里……"

"凯恩太太?"

"我现在得走了。"

我在什么东西上签了字。他给我收据、信用卡、一些贴纸。我将东西一股脑儿塞进手提包。"你悠着点儿,"他说,"回见。"

等候会车时,我回头,见他冲这边望着。我闭上眼睛,又睁开。他挥挥手。

我在第一个红绿灯处拐了个弯，接着又拐了个弯再往前开，直到开到高速公路口，见一路标："**萨米特 117 英里**"。时间是十点三十分，天气和暖。

高速公路绕过市区边缘，接着穿过农场乡野，穿过燕麦田、甜菜地、苹果园，时有一小群一小群的牛在露天牧场上吃草。渐渐地一切都变了，农场越来越少，建筑更像棚子而不是住房，耸立的林木替代了果园。我一下子就到了山区，右侧下方的山壑处，我瞥见了纳切斯河。

不一会儿，有一辆绿色皮卡开近，跟在我后面，一直跟了好几英里。我不断在该加速时减速，希望他能超车过去，接着又在该减速时加速。我紧握方向盘，握得手指酸痛。开到一段车少的长直道，他倒是超车了，但和我并行了片刻，一个剃着平头、穿蓝色工装衬衫的男人，三十出头，我们对望一眼。他挥挥手，摁了两下喇叭，就开到我前面去了。

我放慢车速，找到一条贴着路肩的土路，将车开过去，熄了火。我能听见树林下面什么地方的河水声。我面前的土路伸入林中。这时我听见那辆皮卡掉头回来了。

我发动引擎时，皮卡已顶到我车后。我锁上车门，摇紧车窗。挂上挡时，我的脸、手臂上都沁出了汗珠，我无处可走。

"你没事吗？"那家伙走到车跟前说，"喂。喂，说你呢。"他叩叩车窗玻璃。"你没事吧？"说着他撑起胳膊肘趴在车门上，脸贴近车窗。

我瞪着他，说不出话来。

"超你车后，我就放慢了些，"他说，"可我在后视镜里没再看见你，我就将车靠边停下，等了几分钟。你还是没出现，我想我最好开回来看看。没出事吧？你干吗把自己锁在车里？"

我摇摇头。

"得啦，摇下车窗。嗨，你肯定自己没事吗？嗯？你知道一个女人孤身在乡野转悠可不太妙。"他摇着头，看向高速公路，又回头看我，"好了，得啦，摇下车窗，怎么样？我们这样没法说话。"

"拜托，我得走了。"

"打开门，好吗？"他说，没在听似的，"至少摇下窗。你在里面会憋死。"他眼睛扫过我的胸口和大腿。裙子已经拉过了我的膝盖。他的目光停在我的大腿上，但我

288

僵坐着，不敢动一动。

"我想憋死，"我说，"我正在憋死，你没看见？"

"这到底是怎么了？"他说，从车门那儿后退几步。他转身走回皮卡。接着我从侧视镜里见他又回来了，我闭上眼睛。

"你要我一路跟着你去萨米特还是怎样？我无所谓。今天上午我有闲工夫。"

我再次摇摇头。

他犹豫着然后耸耸肩。"行吧，女士，那就随你的便吧，"他说，"行吧。"

我等着，等他上了高速公路，我才倒车。他换上挡，慢吞吞地开走了，还从后视镜里看我。我把车停在路肩，头趴在方向盘上。

棺盖合着，盖上覆着鲜花。我在小教堂后排落座不久，管风琴就奏响了。人们陆续进来找座位坐下，有中年人，还有年纪更大的，但大多数是二十出头的，或更年轻的。他们是一群在西装领带、运动外套休闲裤、深色裙装皮手套中显得不甚自在的人。一个穿喇叭裤、黄色短袖衬衫的男孩在我旁边坐下，开始咬自己的嘴唇。小教堂开着一扇侧门，我抬头看去，一时间停车场让我想到一片草地。接着就见到阳光在车窗上熠熠反着光。逝者的一群家属进来了，走入拉着幕帘的一侧。他们落座时椅子一片吱嘎声。过了几分钟，一个穿深色西装、身量壮实的金发男人站起身，他要我们低头致哀。他替我们这些生者念了一段简短的祷告，念完之后他要我们为逝者苏珊·米勒的亡魂默默祈祷。我闭上眼睛，想着报纸和电视上她的照片。我看见她离开电影院，上了绿色雪佛兰。我又想象着她一路顺河流而行，裸体磕撞岩石，被树杈截住，身体漂游、旋转，她的头发在河水中飘散。她的手和头发被悬垂的树枝挂住，直到那四个男人过来瞪大眼睛瞅着她。我可以看见其中一个喝醉了的男人（斯图亚特？）抓住她的手腕。那件事，这里有谁知道吗？倘若这些人知道了又会怎么样？我环顾周围的面孔。这些情形、这些事件、这些面孔之间有一种联系，如果我能找到就好了。努力寻找它让我的头都疼了起来。

他讲到了苏珊·米勒的天赋：快乐、美丽、优雅和热情。拉着的幕帘背后有人清了清喉咙，还有人在啜泣。管风琴音乐响起。葬礼结束了。

我跟着人流缓慢从棺木前走过。我随后出来，踏上前台阶，走进明亮而炽热的下午阳光里。有个中年妇人一瘸一拐地走在我前面，下到人行道，她四下张望，目光落在我身上。"嗯，他们抓到他了，"她说，"如果这多少能给人一点安慰的话。他们今天早上逮捕了他。我出门之前从电台里听见的。就是本地人。一个长发嬉皮，你大概也猜到了。"我们沿滚烫的人行道走了几步。人们启动车辆。我伸出一只手，扶住街边一个停车计时装置。阳光从锃亮的车盖和挡泥板反射过来。我头晕目眩。"他供认那天夜里和她发生了关系，可他说他没杀她。"她哼了一声，"他们会判他缓刑，然后放了他。"

　　"也许作恶的并非他一个人，"我说，"他们得把这个查清楚才行。他也许在替别人打掩护，一个兄弟，或者什么朋友。"

　　"那孩子还是小姑娘时我就认识她了，"妇人嘴唇哆嗦着继续说，"她以前常来我家，我会给她烤曲奇，让她一边看电视一边吃。"她神色一黯，泪珠从她脸颊滚落下来时，她摇了摇头。

3

斯图亚特坐在桌边，面前放着一杯酒。他眼睛发红，我一时以为他在哭。他瞅着我，没说一句话。在惊慌失措的一瞬间，我感觉是迪安出了什么事，心一下子揪紧了。

"他在哪里？"我说，"迪安在哪里？"

"外面。"他说。

"斯图亚特，我怕，太怕了。"我说，靠在门上。

"你怕什么，克莱尔？告诉我，亲爱的，我也许能帮到你。我愿意帮你，考验我吧。丈夫就是在这儿派上用场的。"

"我说不清，"我说，"我就是怕。我感觉好像，我感觉好像，我感觉好像……"

他喝空酒杯站起来，目光一直没从我身上移开。"我想我知道你需要什么，亲爱的。让我来当一回医生，好吗？放松下来。"他伸出一条胳膊搂过我的腰，另一只手开始解我的外衣扣，然后是衬衫。"先对付当务之急。"他说，想开开玩笑。

"现在不行，求你了。"我说。

"现在不行，求你了，"他挑逗道，"求个屁。"他接着走到我身后，一只胳膊圈紧我的腰。一只手滑进我的内衣。

"住手，住手，住手。"我说。我猛踩他的脚趾。

接着，我被举起又摔下。我跌坐在地上抬头望他，我的脖子伤到了，我的裙子褪到膝盖之上。他弯下腰说："你见鬼去吧，听见没有，婊子？我但愿你那骚处在我下次碰你之前就烂掉。"他哽咽了一下，我意识到他是控制不住，他也控制不住自己了。他往客厅走去，我对他起了一阵怜悯。

昨晚他没在家睡。

今天早上，有花来了，红的和黄的菊花。我正喝着咖啡，门铃响了。

"凯恩太太？"一个年轻小伙子捧着一盒鲜花说。

我点点头，把晨袍拉紧到喉咙口。

"打电话订花的人，他说您是知道的。"小伙子望着我那拉紧到喉咙口的晨袍，碰了碰他自己的帽檐。他又开腿站着，两只脚不为所动地扎根在最上面那级台阶上，就像要我碰一下他下面那样。"祝你今天过得愉快。"他说。

过了一会儿电话响起，斯图亚特说："亲爱的，你好吗？我会早点回家，我爱你。你听见我的话了吗？我爱你，我道歉，我会补偿你的。回头见，我得挂了。"

我把鲜花插入餐桌中央的一只花瓶里，之后我把自己的东西搬进那间空闲的卧室。

昨晚大约半夜，斯图亚特砸开了我房门的锁。他那么干只是要让我看看他可以那么干，我想，因为门哗啦打开时他什么都没干，只是穿着内衣站在那里，随着怒气消退，他脸上的表情又惊又蠢。他慢慢拉上门，过了几分钟，我听见他在厨房掰开一盒冰块。

他今天打电话告诉我时，我还在床上，他要他母亲过来跟我们一起住几天。我停了片刻，想了想这事，他还在那头说着我就把电话挂了。可没过多久，我又打电话到他上班的地方。最后他来接电话时，我说："没关系，斯图亚特。真的，我告诉你这样也罢那样也罢，都没关系。"

"我爱你。"他说。

他又说了别的什么话，我听着，慢慢点着头。我感到困倦。可我随即清醒过来，说："看在老天的分上，斯图亚特，她还只是个孩子啊。"

图书在版编目（CIP）数据

人都去哪了 ／（美）雷蒙德·卡佛著 ； 卢肖慧译
. —— 海口 ：南海出版公司，2024.2
ISBN 978-7-5735-0616-0

Ⅰ．①人… Ⅱ．①雷… ②卢… Ⅲ．①文学－作品综
合集－美国－现代 Ⅳ．① I712.15

中国国家版本馆 CIP 数据核字（2023）第 200205 号

著作权合同登记号　图字：30-2024-003

FIRES

人都去哪了

〔美〕雷蒙德·卡佛 著

卢肖慧 译

出　　版　南海出版公司　（0898）66568511
　　　　　海口市海秀中路51号星华大厦五楼　　邮编 570206
发　　行　新经典发行有限公司
　　　　　电话（010）68423599　　邮箱 editor@readinglife.com
经　　销　新华书店

责任编辑　侯明明
特邀编辑　虞欣旸　白 雪　崔倩倩
营销编辑　王书传　刘治禹
装帧设计　韩　笑
内文制作　田小波

印　　刷　北京盛通印刷股份有限公司
开　　本　850毫米×1092毫米　1/32
印　　张　9.5
字　　数　130千
版　　次　2024年2月第1版
印　　次　2024年4月第2次印刷
书　　号　ISBN 978-7-5735-0616-0
定　　价　59.00元